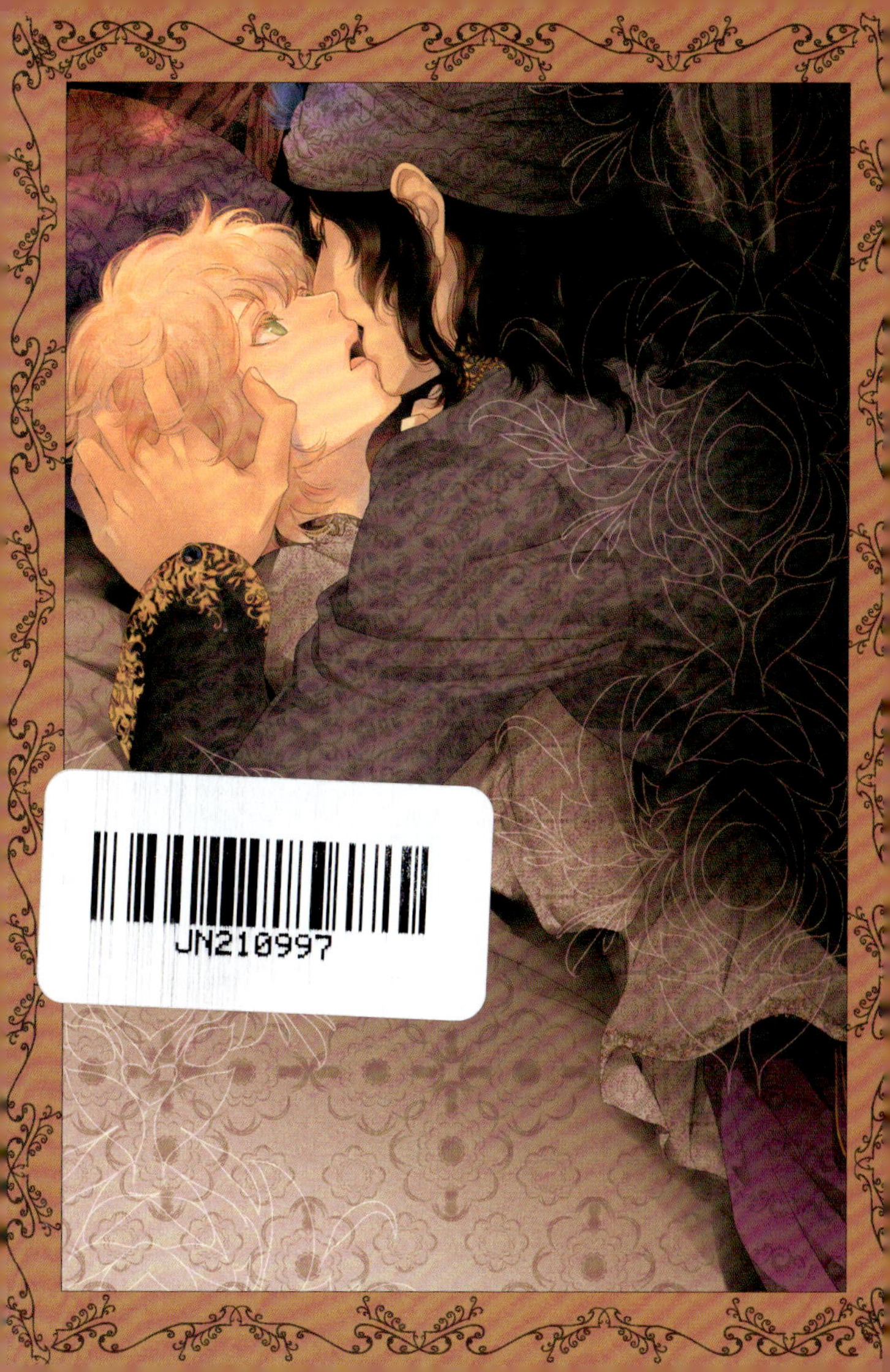

皇帝が愛した小さな星

SUZU
KIRIU
紀里雨すず

CHOCOLAT
BUNKO

ILLUSTRATION みずかねりょう

C O N T E N T S

はるか昔から、多くの神々が住まうと伝えられる悠久《ゆうきゅう》の大地、インド。その南部に位置する人里離れた森の奥に、世界中のすべての人の未来が記《しる》された予言の書が静かに眠っているという。

その名は『アガスティアの葉』——。

・1・

鬱蒼《うっそう》と緑の木々が枝を伸ばす森の中。空から差し込むひとすじの光が、蔦《つた》の絡まる古い一軒の小屋を照らし出している。

その中に置かれた椅子に、白いひげをたくわえた老人が厳しい面持《おもも》ちで座っていた。

老人の足元には、一人の少年がちょこんと腰を下ろしている。十歳になったばかりの、まだあどけない可愛らしい顔立ちをした少年は大きな目をいっぱいに見開き、老人の唇が動き始める瞬間をかたずを飲んで見守っていた。

「——結果は」

とたん、ビクンとした少年が小さく飛び上がる。

「今回も不合格じゃ」

「ええっ、ま、また……ですかっ⁉」

たちまち、少年の表情が落胆へと変わっていく。鮮やかな緑色の瞳がみるみるうちに翳《かげ》り、小さな体はがっくりとうなだれた。

老人は少年の祖父で、代々アガスティアの葉を受け継いできた一族の長老だ。五年前に当主の座を息子——つまり少年の父親に譲ってからは、孫であり、かつ未来の当主でもあるこの少年の教育係を務めてきた。

「それならばこの葉に何と書いてあるのか、ここであらためて口述《こうじゅつ》してみよ」

そう言って、老人は今日の試験で用《もち》いられた一束のヤシの葉を少年に差し出した。アガスティアの葉はすべて古代タミル語で記されているから、まずはそれらを現代の言葉へと正確に訳せなくてはならない。

祖父から葉を受け取ると、少年は自信満々に答えた。

「はい、『近くにあなたの行く手を遮《さえぎ》るものが三つ見えます。最初にそびえているのは高い山です。次いで深い谷。最後に流れの速い川が現れますが、あなたはその川を歩いて渡ることができるでしょう』と書かれてあります」

「それで、おまえはその内容をどう解釈して試験官に伝えたのじゃ？」

「『人生とは決して平坦な道ではありません。あなたの場合もこの先三つほど大変な出来事が起こりますが、あまり心配しなくても大丈夫ですよ』とお伝えしました」

長老の白い眉がピクリと引きつる。

「……どうしていきなりそんなことになるのじゃ？」

「だって、その人は無事に最後の川までたどり着くことができるのでしょう？　しかも急流を歩いて渡ることができるのでしたら、その時点では大きなケガもなく元気だったということではありませんか。つまりいくら山のように高く谷のように深い試練があるといっても、どちらもさほど大したことはないはずです。それならばわざわざその人を不安にさせるようなことをお伝えする必要はないと思われませんか？」

「うむ、言われてみれば確かに――」

思わずうなずきかけて、長老は慌てて「いや、ならぬならぬ」と首を振った。片方の手でこめかみを押さえながら、ハーッと深いため息を吐き出す。それからゆっくりと、諭《さと》すように口を開いた。

「よいか。われわれ一族の役目は、アガスティア様が遺《のこ》された言葉を現代の言語に直した上で、正確に伝えることじゃ。たとえそれがどんな内容であろうとも、な」

「その話でしたら、もう百回以上は聞いております」

だから十分分かっております、と言わんばかりに大きくうなずいた少年を、長老が疑わしげに眉を寄せて見た。

「言い換えれば決して我々が勝手な解釈を加えてはならぬ、ということじゃ。ましてやおまえのように書かれてもいないことを口にするなど、言語道断《ごんごどうだん》。万が一アガスティア様の名を騙《かた》り嘘でもつこうものなら、ナディ・リーダーの資格は剥奪《はくだつ》、場合によっては里からの追放もありえるのじゃぞ」

　たちまち、少年はぶるぶると震え身を縮こまらせた。

「ボ、ボクは嘘なんてついていません。ちゃんとありのままを――」

「何が『ありのまま』じゃ。どこをどう聞いてもおまえの勝手な解釈ではないか」

「ですが、おじい様――」

　すがるように見上げた少年を、老人が「アスラよ」と静かに遮る。

「おまえの目と髪と肌の色は、この里の者たちとはまるで異なっている。それだけではない。葉を探し出す能力においても、おまえには他の者にはない特別な力が宿っているのは確かじゃ。だがいくら何でも能天気――もとい、楽天的すぎるのが欠点じゃ。そんなことではいつまで経っても一人前のナディ・リーダーにはなれるまいぞ」

「そ、そんな……」

　それは、アスラにとってはこの世の終わりにも等しい宣告だった。物心ついた時からずっと、アスラは一人前のナディ・リーダーになることを夢見て頑張ってきたのだから。

「わ……分かりました。これからはおじい様の言いつけ通り、二度と勝手な解釈はせず、どんなことがあろうとアガスティア様の言葉通りにお伝えすると約束いたします」

数百年にも渡ってアガスティアの葉を守り続けてきた森を取り囲むように、緑の草原が広がっている。小さな紫色の花を付けた吉祥草《クシャ》が、吹き渡る風にさわさわと揺れていた。ゆるやかに流れる小川のほとりにしょんぼりとしゃがみこんで、アスラは夕陽を反射してきらめく橙《だいだい》色の川面《かわも》をぼんやりと見つめていた。

はるか昔、インド亜大陸の南の沖にはレムリアと呼ばれる大陸が存在していたと伝えられている。先住民族であるドラビィダ人が高度な霊的文明を築いていたこの大陸は、しかし今から約一万年前に、地殻《ちかく》変動により海中へと水没してしまったのだという。

その頃インドに現れたのが、アガスティアという名の聖者だった。彼は三最高神の一《ひと》柱《はしら》であるシヴァを讃《たた》え、祈りを捧げ、やがてこの世界の未来を聞いて、ヤシの葉に書き記したのだそうだ。

以来長きにわたり、アガスティアの葉は人生の道標《みちしるべ》として多くの人々を導いてきた。だが今から二百年ほど前の一六世紀半ば、すでにインド北部まで支配下においていた異教徒のイスラム王朝ムガール帝国が、突然南インドまで攻め入って来た。その時、インド南部のタミールナドゥ州に住んでいた徳の高いある人物の夢の中にアガスティアが現れて、こう告げたのだという。

『タンジールのサルボジ宮殿にある私の遺産が、ムスリムたちの手で焼き払われようとしている。直ちに赴《おもむ》き、それらをあなたの手で保管しなさい。さすればあなたの一族は、この世界が終わるまで永遠に栄え続けるであろう』

このお告げを聞いて、一路五十キロ離れたタンジールへと向かい、膨大《ぼうだい》な量のアガスティアの葉を故郷へと持ち帰った人物こそ、アスラの十二代前のご先祖様だったらしい。以来この地はアガスティアの里と呼ばれるようになり、アスラの一族はここを訪ねてくる人々のために葉を読み続ける『ナディ・リーダー』となった。

この一族に生まれ落ちた男の子は、将来ナディ・リーダーとなるための修行を幼い頃から始める。そしてこの里で成人と認められる十五歳頃から、里を訪ねてくる人々に葉を読む役目を担《にな》い、いずれは故郷を離れて他国へと赴くこととなる。それは当時も今も政治がアガスティアの予言に従って行われていたからで、王のためにアガスティアの葉を読み、進むべき道を示し導くことが、ナディ・リーダーたちの生涯《しょうがい》の役目となるのだ。

がしかし、本家の嫡男であるアスラだけは別だった。一生里を離れることはなく、やがては祖父や父親の跡を継ぎ里を守っていく当主となる宿命《さだめ》だ。

ナディ・リーダーの修行は五歳の頃から始められる。毎日膨大な量の葉を書き写しながら古代タミル語を、同時に、アガスティアの葉を読むにあたって必要となる知識――ヨーガ、インド医学《アーユルヴェーダ》、聖典、仏典、聖書などを学ぶ。そしてこの時に自分が筆写した葉の複製を、将来故郷を離れ王に仕える際に大切に持っていく。アガスティアの葉の原典はこの世に一つしか存在せず、里から持ち出すことが固く禁じられているためだ。

アスラも五歳の誕生日を迎えた日から今日まで五年間、当時すでに隠居《いんきょ》の身にあった祖父のもとで修行を続けてきた。現在はナディ・リーダーとしての実習訓練に入るための最終試験の段階なのだが、毎回毎回、同じ理由で不合格となってしまうのだ。

深くうつむいて、大きなため息をこぼす。生来《せいらい》くよくよ考え込んだりしない質《たち》なので、今まではため息なんてついたこともなかった。なのに試験のたびに祖父のため息を聞き続けてきたせいで、すっかりうつってしまった気がする。

川面に映っているのは、自分の顔だった。子どもらしい丸顔のふっくらとした輪郭《りんかく》に、ぱっちりした大きな二重の目。桜色に上気した頰と小さな唇が、あどけない顔に愛らしさを添えている。けれどその透き通るような白い肌も、ふわふわの金茶色の髪の毛も、綺麗な緑色の瞳も、この里では明らかに異質のものだった。

ここ南インドに住んでいるタミル人たちはみんな、先祖であるドラビィダ人の特徴を強く受け継ぎ、褐色《かっしょく》の肌に黒い髪と黒い目を持っている。アスラの両親や弟たちはもちろん、一族全員がそうだ。

なのにアスラだけが違う。

祖父は『紀元前一世紀半頃に北方からアーリア人たちが侵入してきた時に混じった血が、長い歳月を経て偶然顕《あらわ》れたのであろう』と言っていたけれど、この外見のせいで幼い頃から常に奇異の目で見られてきた。もちろん本家の嫡子《ちゃくし》であるアスラに面と向かってそんな

ことを言ってくる者はいなかったものの、

「長老様は本当にあんな子を次期当主になさるおつもりなのだろうか」

「まるで魔神の遣いのようだ」

「その上、あの名前――」

そんな、嫌でも耳に入ってくる負の声を聞くたびに、申し訳ない気持ちでいっぱいになった。

「嫡子であるボクがこんな姿で生まれてきたせいで、家族みんなに迷惑をかけてしまってるんだ……」

しかもみんなと異なっているのは、容姿だけではなかった。里の歴代の当主たちは誰もが最終試験に一度で合格してきたそうだし、修行を始めたばかりの弟たちもとても優秀だと聞いている。

「こんな調子で本当に一人前のナディ・リーダーになれるんだろうか。おじい様やお父様の跡を継ぐ自信なんて、全然ない……」

（どうしてボクだけがみんなと違うんだろう。せめて外見か能力のどちらかだけでも、みんなと同じように生まれたかったたな……）

大きな目にじわりと涙が浮かんだ時だった。

「きみ――大丈夫？」

突然頭の上から、知らない声が落ちてくる。

驚いて振り返ると、夕陽を背に立っていたのは、すらりと背の高い一人の青年だった。

身につけているのは、ゆったりとした袖の他は体をぴったり包み込んでいる白い上着と、美しい透かし模様の入った鮮やかな青色の腰衣。ともにこのあたりでは見慣れないものだったので、すぐに異国からの旅人だと分かった。

アスラより五歳以上は年上だろうか。褐色の肌と短めの黒髪が似合う、精悍《せいかん》な顔立ち。聡明《そうめい》そうな光を放つ、漆黒《しっこく》の切れ長の目。その、冴え冴えと澄み渡った凛々《りり》しい瞳が、アスラの目からぽろりと涙がこぼれ落ちた瞬間、驚いたように見開かれた。

「――どうしたの？」

「な、何でもありません」

慌てて、涙をぬぐう。すると青年は「そう」と答えたきり何も訊かずに、ただアスラの隣へと静かに腰を下ろした。

するりと紐をほどいて、皮の履《は》き物をぬぐ。それから、

「あー、気持ちいい。もう一週間も歩き通しだったから、向こうからこの川を見つけて思わず走って来てしまったんだ」

とパシャパシャと素足を水に浸しながら、アスラの方を振り向いた。

「きみ、名前は？」

「……ア、ア、…アス、ラ……です」

消え入るような声で名乗ったアスラに、青年がふわりと微笑みかける。

「『アスラ』？　素敵な名前だね」

思わず、アスラはガバッと身を乗り出してしまっていた。

「ええっ。ど、どうして？　悪神の名前なのにっ？」

『アスラ』という神様はインドでは魔神として扱われており、遠くシナでは『阿修羅』と表記されるという。生まれてきたアスラが両親とも里の誰とも異なる白い肌と緑色の目をしていたため、驚いた僧侶《バラモン》によってこんな名前を付けられてしまったのだ。

両親や祖父がこの名前をどう思っているのか訊いたことはないけれど、昔から子どもへの命名は僧侶が行うのが慣習だから、きっと受け入れざるを得なかったのだろう。

初めて会う人はアスラの外見を見てまず驚き、次に名前を聞いて言葉を失う。だからアスラにとっては自分の名前も、容姿と同じくらい大きなコンプレックスだった。

（それなのに『素敵な名前』だなんて――ど、ど、どういうこと？）

青年が再びにっこりと笑いかけてくる。

「『アスラ』って今は悪い神様だなんて言われてるけど、もともとは正義を司《つかさど》る天空神だったんだよ」

「え、そうなんですか……？」

「それにとても美しい神様だったそうだよ。だから尚さらぴったりだ。きみの肌も髪も瞳も、とても綺麗な色をしているから」

驚きのあまり、アスラはぱちぱちと瞬きながら、耳たぶを強く引っ張った。大丈夫、耳はちゃんとそこに付いているしとても痛いから、夢でも聞き間違いでもないみたいだ。

でもすぐに表情を曇らせて、ぎくしゃくとうつむいた。

「そんなことを言われたのは、初めてです。自分では……ずっと嫌いだったから」

「嫌い？　どうして？」

「だって、一人だけ違うから。里のみんなとも、家族の誰とも。その上ボクだけが落ちこぼれだし」

言葉にしたとたん、目の前の現実が痛みを伴って蘇《よみがえ》ってきた。ぽとりと落ちそうになる涙を、ぎゅっと唇をかみしめてこらえる。

「……何か、つらいことがあったの？」

見返してきた瞳には一点の曇りもなくて、心の底から心配してくれていることが分かったから、会ったばかりの相手にもかかわらずアスラはすべてを打ち明けたくなった。

「ボク、五歳の時からずっと、ナディ・リーダーになるための修行を続けてきたんです」

「ナディ・リーダーって——それじゃ、きみはアガスティアの一族の子なのかい？」

こくりと、アスラはうなずく。

「でも今日、十五回目の最終試験に落ちてしまったんです。みんな五回目くらいで合格するのに。し、しかも試験は十六回までしか受けられない決まりなんです。ボク、お父様やおじい様のような立派なナディ・リーダーになるのが夢だったのに、もう無理かもしれない……」

「そんなことがあったんだね……」

痛みを分かち合う優しい声で呟いて、青年はアスラから視線を外した。

しばらくの間夕陽を反射する川面を見つめて、不意にアスラへと微笑みかけてくる。

「ひとつ頼みがあるんだけど」

「何でしょうか？」

「僕にアガスティアの葉を読んでくれないかな」

「ええっ!? ボ、ボクがですか？」

突然のことに驚いて、思わずぴょんと飛び退いてしまう。

「で、でしたら他の誰かを呼んで来ます。ボクなんかよりもっと上手《うま》く読める人が、里にはたくさんいますから」

「いや、僕はきみに読んで欲しいんだ」

まだ正式なナディ・リーダーでなくても、相手がそれを承知していて、かつ対価をもらわなければ、葉を読んでも構わないことになっている。とはいえまだまだ見習い未満でしかないアスラには、そんな経験などない。しかも里始まって以来の最終試験不合格記録を更新中の身だ。ちゃんと読める自信なんて……はっきり言って、全然なかった。

(――だけど)

心を決め、アスラは生まれて初めて自分に葉を読んで欲しいと言ってくれた相手の瞳を真っすぐに見返した。

「では、右手の親指を見せて下さい」

青年が差しだした手へと、真剣なまなざしを落とす。

(丘のような輪状の線《メール・ストゥール》、三つの点《ドット》、それらの交わりによって形成された二つのシンボル《イル・レーガィ》)

彼の指紋の特徴を瞬く間に捉えると、

「少し待ってて下さい」

と言い残して、アスラはその場を離れた。向かったのは里の一番奥深くにある、ナディ・リーダーとその修行中の者しか近付くことを許されていない場所だった。

深い森の奥にひっそりとたたずむ、牛の糞《ふん》で塗り固められた蔵の中に、ヤシの葉たちは静かに眠っていた。その中に足を踏み入れたとたん、目に飛び込んできたのは金色に光り輝く一束だった。

膨大な量のアガスティアの葉の中からその人の葉を見つけ出す手がかりは、唯一、親指の指紋のみ。世界には同じ指紋をもつ人は二人とおらず、かつ人生の段階《ステージ》ごとに微妙に変化する特徴を正しく読み取って葉を選び出す検索システムは、アガスティアの里において門外不出の最高の秘事とされている。

同時にナディ・リーダーたちにとって最大の難関であるこの作業には、熟練《じゅくれん》した者でも最低一時間、不慣れな者なら数日を要するが、なぜかアスラだけは最初に葉を手にした五歳の時からほぼ瞬時に指紋を読み取り、誰よりも早く葉を見つけ出すことが可能だった。

不思議な能力に父も祖父もとても驚いていたけれど、アスラ自身はちっとも特別なことだと思っていない。目にしたとたんなぜか指紋は自然に脳裏に焼き付き、蔵に入ると葉はその人ごとにいろいろな色で勝手に浮かび上がって見えるのだ。

とはいえ葉が金色の光を放っているなんて、初めてのことだった。まるで自分の方から見つけて欲しいと言っているみたいだ。

「確かに、これだ……」

間違いなくあの青年のものであることを確認すると、アスラは急いで川辺に戻った。

「ずい分早かったんだね。ナディ・リーダーに会うのも葉を読んでもらうのも初めてだから、緊張しちゃうな」

青年の隣に腰を下ろし、早速葉に書かれている文字を追い始める。

「あなたの名前は『シャリア』ですか?」

青年が大きく息をのんだのが分かって、慌てる。

「あ、あの、驚かせてしまってごめんなさい。普通は十の質問を重ねながら、順番に本当にその人の葉かどうかを確認していくんですけど、僕の場合は自然に間違いないって分かってしまうので、つい癖でほとんどの質問を省《はぶ》いてしまって――」

『里での修行中はそれでもよいが、仕事の時は相手を驚かさぬよう正式な手順を踏むように』と祖父に注意されていたことを思い出して、アスラは焦って頭を下げた。

シャリアがくすっと優しく笑う。

「いや、大丈夫だよ。それで？」

「もう一つだけ確認させて下さい。あなたは今から十七年前、バングニの月《四月十三日》の最終日に生まれましたか？」

シャリアがこくりとうなずく。

「あなたがこの世に生を受けた時、夜空から満月《バドルッディーン》があなたを静かに見守っていました」

「――すごい。そんなことまで分かるんだ」

「アガスティアの葉には、その人の誕生から未来まで、すべてが書き記されているんです」

「誕生から未来まで、か……」

シャリアが瞳を翳《かげ》らせてつぶやく。いったん何かを考え込むようにうつむいてから、先を促してきた。

「続きを読んでくれる？」

「『運命の星である木星《グル》に守られながらあなたがこれまで歩んできた道には、色とりどりの花が咲いていました。けれどこの先にあるのは——』」

　そこでアスラは突然口をつぐむ。

「どうしたの？」

　先を読み進めることをためらったのは、この後に一見よいとは言えないことが書かれていたからだった。

（どうしよう。このまま読んだらきっと……）

　それでも、さっき祖父と交わしたばかりの『どんなことがあってもアガスティア様の言葉通りに伝える』という約束を思い出して、迷いを振り切る。

「『この先にあるのは迷路です。その迷路はとても暗く曲がりくねっていて、あなたはこれから長い間道に迷うことになるでしょう』」

　とたんシャリアがハッと表情を硬くして、形のいい唇を強《こわ》ばらせた。

（し、しまった。やっぱり不安な気持ちにさせてしまった）

　たちまち後悔が押し寄せてきて、ついいつもの悪い癖がむくむくと頭をもたげる。

「でっ、でも心配はいらないです。だって『長い間』ということは、少なくとも『ずっと』ではないということですから。それに道に迷うのって、思っているほど怖いことじゃないんですよ。ボク、小さい時によく森で迷子になったんですけど、いつもちゃんと見つけてもらえるから、ちっとも不安じゃありませんでした。ただ、毎回探しに来てくれるカイに——あ、カイというのは兄代わりの従兄《いとこ》のことなんですけど、そのたびに『おまえはいつもいつもいつもいつも、本当に迷惑なやつだな』とか『今度迷子になったら森の奥に捨てに行くから、覚えておけ』とか怒られるので、そっちの方が怖くてブルブル震えてましたけど」

瞬間プッと吹き出したシャリアに、アスラは血相《けっそう》を変えた。

「ボ、ボク、何かおかしなこと言いました？」

「いや、そうじゃなくて——」

シャリアはまだクスクスと笑っている。こらえようとしても、笑いを止めることはできないみたいだった。

やっぱり相当変なことを言ってしまったらしい。

さっきおじい様から注意されたばかりだったのに……とシュンとなったアスラを見て、シャリアが慌てて首を振った。

「本当に違うんだ。ただ、生まれ育った森でそんなに何度も迷子になれるなんて、ある意味すごいなって感心しちゃって。それに怒られてションボリしてるきみを想像しただけで、とてもおかしくって」

最後はふわりと口元をほころばせ、シャリアが言った。

「きみはおもしろい子だね。そしてとても……優しい」

「え、『優しい』?」

意外な言葉に、きょとんとする。

「……ほら、たとえばあの菩提樹《ぼだいじゅ》」

シャリアが指で差した方にアスラも顔を向けた。

「太陽のあたっている側には青々とした葉っぱがたくさん茂っているけど、裏側の日陰の部分の葉は、元気がなくて枯れかけている。同じ一本の木なのに、どちら側から見るかでまるで別の木みたいだろ?」

彼が何の話をしているのか分からなくて、アスラは首を傾げた。

「それと同じだよ。光があたるところに必ず影ができるように、すべてのものには必ず陰と陽の部分がある。どちらから見るかはその人次第《しだい》とはいえ、たいていの人は過去の経験や防衛本能から、つい影の部分ばかり見てしまう。そんな中で、アスラのように真っすぐにいい方向から物事をとらえることができるのは、とても勇気があるしすごいことだと思う。——だから」

そこでいったん言葉を止めて、シャリアはにっこりと微笑みかけてきた。

「アスラはきっといいナディ・リーダーになれると思うよ」

それはつい見とれてしまうほどに凛々しくて、まるで降り注ぐ太陽の光のようにまわりを勇気づける力を持った、明るくて温かい笑顔だった。

その笑顔のまぶしさに、心臓が大きく飛び跳ねる。後に続いたのはドキドキドキという速い鼓動だった。昔、北インドからやって来た旅人がくれたサトウキビを初めて食べた時のような甘やかな幸福感が、胸いっぱいに広がる。

（――な、何？　ドキドキするだけじゃなくて、どうして耳たぶがこんなに熱いんだろう？）

初めての感覚に戸惑っているアスラをよそに、シャリアが話題を切り替えてくる。

「アスラは、アガスティアの一族に生まれついたことをどう思ってる？」

「え、どういう意味ですか？」

「生まれた時から自分の将来が決められてることを、嫌だと思ったことはないのかなって」

「それは――」

考えたこともなかったので、つい口ごもってしまう。アスラの返事を待たずに、シャリアは淡々とした声で続けた。

「実は僕、今から父に会いに行くところなんだ。と言っても顔も知らない相手だけどね」

父親なのに顔を知らないとは、どういうことなのだろう。

「僕の父親はね、母親の命を奪った息子の顔なんて見たくもなかったんだって」

「え、『お母さんの命を奪った』、って……？」

「つまり僕の母は僕を生む時に亡くなって、代わりに僕が生き残った、ってこと」

あまりにも悲しい打ち明け話に言葉も出ず、アスラはただ息をつめて聞いていた。

「だけど跡を継ぐはずの兄たちが相次いで流行病《はやりやまい》で亡くなってしまったものだから、生まれてまもなく他国へ養子に出していた僕のことが、急に必要になったんだって。僕の家はどんな事情があろうと、血の繋がった男子が家を継がなくてはならない決まりらしいから」

真っ赤な夕焼けをまぶしそうに見て、シャリアは深いため息を吐き出した。

「まったく、みんな勝手だよな。最初は要らないって言っておきながら、今さら跡を継がせるために必要だとか、本当の親は別にいるから、いきなり見知らぬ国に帰れだとか」

シャリアの口調が刺々《とげとげ》しさを帯びる。それはまるで怒っているような声色《こわいろ》だったけれど、川面を見つめている横顔はむしろ悲しげで、噛みしめた唇は小刻みに震えていた。

「――よかった」

心からホッとした顔で笑いかけたアスラを、シャリアが訝《いぶか》しげな瞳で見る。

「『よかった』って？」

「だってシャリアは今までずっと幸せだったから、そんな寂しそうな顔をするんでしょ？ 育ててくれたご両親や住み慣れた国のことが好きで、離れたくないから。今までずっと大切にされてきたから。本当のご両親じゃないと、十七年間も気が付かないくらいに」

シャリアがハッと息を飲んだのが分かった。切れ長の目が大きく見開かれる。

「世界中のどんなことにも理由があるんだって、おじい様が言ってました。だから『どうしてボクみたいな落ちこぼれがアガスティアの里の跡継ぎに生まれちゃったんだろう』って不安になった時は、『きっとボクにしかできないことがあるからに違いない』って考えるようにしてるんです。『だったらそれを早く見つけて一生懸命《いっしょうけんめい》頑張ろう』って。そうするとわくわくしてくるんです。早く一人前のナディ・リーダーになって、みんなの、ううん、たった一人でもいいから誰かの役に立てるように頑張りたい、って」

まるでまぶしいものでも見るようにシャリアが目を細める。

その時、「シャリア様ー」と呼ぶ声が聞こえてきた。

シャリアが「いけない。もう行かなくては」と腰衣についた草を払いながら立ち上がる。

「今日はどうもありがとう。――あ、葉を読んでもらったお礼をしなくちゃ」

「いえ、ボクはまだちゃんとしたナディ・リーダーではないので、お礼をいただいてはいけないことになっているんです」

「そうなんだ？　……だったら」

スッと、シャリアの顔が近付いてきた。

「えっ……？」

次の瞬間、おでこに何かが触れる。

シャリアの唇だった。ひやりと冷たい。なのに触れられたところが火がついたみたいにボッと熱くなる。

「これはおまじないだよ。アスラの願いが叶うように、っていう。だから次は絶対合格できるよう、頑張って。僕もアスラに負けないように頑張るって約束するから」

まだ唇の感覚の残っている額を頬を赤らめながら押さえて、アスラは去っていくシャリアの背中へと声をふり絞った。

「あの、あとひとつ――迷路は長いけれど、あなたの上には星が一つ輝いてるって書いてあります。あなたを導く星です。その星を決して見失わないようにして下さい」

足を止めて、シャリアが振り返る。最後に見せてくれたのは、あのまぶしい笑顔だった。

「ありがとう。覚えておくよ」

「ボクの方こそ……ありがとうございました。ボクももう二度と泣かないで頑張るって約束します」

大きくうなずいて颯爽《さっそう》と身を翻し去っていく後ろ姿に、アスラは力いっぱい手を振った。

シャリアの唇が触れたところが甘く火照《ほて》っていた。なぜだか体までもがとても熱くて、心臓がいっそう高鳴っている。

シャリアのまぶしい笑顔が、アスラの胸にくっきりと焼き付いていた。

『お互いに頑張ろう』

そんな約束が、折れかけていた心に決して消えない火を灯《とも》す。

（せっかくシャリアが励《はげ》ましてくれたんだもの。僕も頑張らなくちゃ。さっきのおまじな

いが無駄にならないように)

そう心に誓う。そして、彼の迷路の先にちゃんと幸せが待っていますようにと、本当にまたいつか会えたらいいな……と、アスラは祈るように願った。

・2・

それから時は流れて、いつしか八年の歳月が過ぎ去っていた。

あのあと十六回目にして何とか最終試験に合格したアスラは、一人前のナディ・リーダーになるという夢を叶えるため、日々修行に励んできた。今では晴れて、里を訪れる人々のためにアガスティアの葉を読む役目を任されている。常に祖父との約束を守るよう心がけてはいたけれど、それでも時々能天気な読解をしたり余計な解釈を付け加えたりして注意されてしまうのは、相変わらずだった。

小川のほとりに立って、水面を眺める。何かあると、ここ——シャリアと出会った場所に来るのが、いつしかアスラの習慣になっていた。

川面に映っているのは、十八歳を迎えたばかりの自分の顔だった。ずい分背も伸び、ふっくらしていた輪郭は少しすっきりしたものの、キラキラと輝く緑色の目も、ふわふわした綿毛のような金茶色の髪も白い肌も、あの頃の面影《おもかげ》を残したままだ。

当時十歳だったアスラの目には、十七歳のシャリアはとても大人でカッコ良く見えた。自分もその年になればあんな風になれるんだ。そう期待していたのに、現実は違っていた。あの時の彼の年齢を自分がもう追い越してしまったなんて、とても信じられない。

「シャリア、どうしているかな……」

その名前を唇でつむぐたび、心の中が甘くて温かいもので満たされる。今も懐《なつ》かしい気持ちで呟いてから、アスラは大きなため息を落とした。

里の当主である父から「大切な話がある」と呼ばれたのは、ついさっきのこと。

「皇帝に仕えるナディ・リーダーとして、ヴァドラ帝国に赴くように」

いきなりそう告げられて動揺したアスラは、

「えっ、ぼ、僕がですかっ⁉　だけど僕がいなくなったら――」

と、そこから先はもごもご言いながらうつむくだけで精一杯だった。

ほんの数十年前まで、インド亜大陸は大小四百あまりの国に分かれて戦いを繰り返し、長年争いが絶えなかった。そこに、圧倒的な強さで次々と勝利を収め周囲の国々を吸収・平定していく国が突如《とつじょ》として出現する。やがて急速な勢いでインド北部から中央部にわたる強大な一大帝国を築き上げた国――それがヴァドラ帝国だった。

ヴァドラ帝国はインド南部に残った二百あまりの国々に対して軍事保護条約の締結を強制し、名ばかりの同盟関係を結ばせた。つまりこれらの国々を藩王国として傘下に置き、自治権を認める代わりに内政干渉を行う権利を手にしたのだ。一方で、ヴァドラ帝国の台頭によってインド全体にひとまずの平和が訪れたのもまた事実だった。

このヴァドラ帝国に長年仕えていた長老の弟、つまりアスラにとっての大叔父《おおおじ》が先日亡くなり、代わりとしてアスラが任じられたのだ。

だがアスラは本来、いずれ当主の座を引き継ぐ身。アスラ自身もこれまでそのつもりで頑張ってきた。突然の命令に、

（やっぱり、僕が落ちこぼれだから……？）

そんな不安が頭をかすめる。

（だけど僕がいなくなってしまったら――）

その時、ゴンと後ろから頭を叩かれた。

「アスラ、聞いたぞー」

「い、痛い……」

叩かれたところを押さえながら振り返ると、意地悪そうにニヤニヤしながら立っていたのは、従兄のカイだった。

濃い眉に幅の広い二重、がっしりと筋肉質な体をしたカイは、声も大きくて迫力がある。

いくらかは同じ血が流れているはずなのに、華奢なアスラとは何もかもが大違いだ。

一族の若者の中でアスラより年上なのは、父方の伯母の息子であるこのカイだけだ。そ

のため幼い頃からカイにはずい分世話になって――いや、正確には迷惑をかけてきた。おねしょの後始末、森で迷子になった時の迎え、修行での失敗の尻ぬぐい、等々。

そのたびにウンザリ顔のカイに怒られてきたけれど、その関係性は大きくなった今でも変わらない。

「おまえみたいな鈍くさいやつが、本当に大丈夫なのか？　皇帝直属のナディ・リーダーといえば、皇帝を支え、国政をも左右する重要な役目なんだぞ。しかもあのヴァドラ帝国の」

「そ、そんな大変な仕事に、どうして跡継ぎをクビになった僕が……？」

あらためて責任の重大さを認識し、足がカクカクと震え出す。

「――クビ？」

カイが一瞬首を傾ける。次いでようやくぴんと来たかのように大きくうなずいて、あらためてニヤリと笑いかけてきた。

「そりゃクビになるのも当然だろ。何せおまえはこの里始まって以来のデキの悪さ、正真正銘の落第生なんだからな」

「いくら本当のことだからって、そ、そこまではっきり言わなくても……」

小声での抗議は、しかしあっさりと無視された。

「確かに指紋を読み取って葉を取り出すのだけは早いけど、いざ読ませたらピントはズレてるし、調子のいいことばっか言って相手に変な期待を持たせちまうし。おまけにその外見だろ？　おまえに当主は無理だって、叔父さんたちもやっとあきらめたんだな」

バンッと背中を叩かれて、アスラはちょっとよろけてしまった。

「だが心配すんな。おまえの弟たちの面倒なら、この俺様がちゃんと見てやるから」

とたん、「あ、そっか！」と声にして、アスラはパッと表情を輝かせた。

「てことは、僕がいなくなっても何も心配はないんだ。僕、お父様から他の国に行けって言われてから、そのことだけが気がかりだったんだ。僕がいなくなったら、誰が小さい子たちの面倒を見るんだろうって。みんな、まだ寝る時は添い寝して欲しがったりお話を聞きたがったりするから」

「……は？　まさか、おまえがしょげてた理由はそれかよ？」

カイが大いに呆れて、太い眉を顰《ひそ》める。

「ちなみに俺の嫌味、ちゃんと聞いてたんだろうな？」

「え、嫌味？　いつ？」

「——おまえ、本当に何とも思わないわけ？　跡継ぎ失格の烙印《らくいん》を押されてショックだとか、悔しいとか」

それはアスラにとっては思ってもみないことだったので、驚いて訊き返してしまった。

「え、どうして？　だってお父様が判断なさったことなら、僕にとっても里にとっても一番いいことのはずでしょ？　そもそもナディ・リーダーとして誰かの役に立てるのなら、僕はどんな場所でも、どんな仕事でも構わないんだ」

「……相変わらずからかい甲斐《かい》のないやつだな。さすがの俺も、おまえがそこまでとは思わなかったよ」

カイが納得のいかない表情で頭を抱える。

「言っておくが、そういうのは『前向き』とは言わないんだからな。『能天気』――いや、『バカ』って言うんだ。覚えておけ」

・３・

数日後、いよいよアスラがヴァドラ帝国へと旅立つ日がやってきた。

ひとたび王直属のナディ・リーダーとして他国に赴けば、この里に戻ってくることはない。覚悟ならちゃんとできているつもりだったけれど、自分が故郷を離れる日が来るなんて考えたこともなかっただけに、いざとなると寂しさが募った。

（八年前のあの時、シャリアもこんな気持ちだったのかな……）

それでも、『もう二度と泣かない』、それがもう一つのシャリアとの約束だったから、アスラは別れの寂しさも名残惜しさも笑顔で隠して、見送りに来てくれた家族や里の人たちに元気よく手を振った。

「いってきまーす。ちゃんと精一杯頑張るから、心配しないでねー」


アガスティアの里からヴァドラ帝国へは、デカン高原を北へと抜け、標高千メートルのサトプラ山脈とヴィンディヤ山脈を越えなければならない。そこからヒンドゥスターン平原のほぼ中央部に位置するというヴァドラ帝国の首都まで、約千五百キロメートルにも及ぶ旅路を、アスラはヒマラヤに向かう隣村の行商人たちとともにロバに乗って出発した。

四十五昼夜、時には砂嵐や風雨《スコール》に打たれながらの旅が続く。

やがて旅も終わりに差しかかり、目的の地が近付くにつれて、寂しさの代わりに込み上げてきたのは、不安、だった。

もうすぐ一緒に旅をしてきたみんなとも別れ、本当の一人ぼっちになってしまう。初めての土地で知らない人ばかりの中、たった一人で上手くやっていけるのだろうか。カイの話では、想像以上に責任の重い仕事のようだった。しかもインドで一番の大国の。本当に自分なんかに務まるのだろうか。

「どうしよう。跡継ぎをクビになったくらいだし、その国でも役立たずで迷惑をかけてしまったら。ハッ、それどころかそこでもまたクビになってしまったら……!?」

「おいおい、アガスティアの里の兄ちゃん、さっきから何ブツブツ言ってんだ？」

「べ、別に何でもないです」

「大丈夫ですよ。アスラさんならきっと上手くやれますから」

縮れたひげを生やした筋肉もりもりのおじさんや、アスラより少し年上の横笛が得意な青年や、ひょろっとした世話好きのおじいさん。この一ヶ月あまりですっかり仲良くなった旅の仲間たちが、口々に励ましてくれる。

「本当にそう思います……？」

「もちろんだぜ」

「ま、多少の失敗があっても、アスラさんならものともしないでしょうからね」

「『多少の』じゃないかもしれないけどな」

「確かに、そうに違ぇねえ」

アハハハ、とみんなに笑い飛ばされて、不思議と心が軽くなっていく。

（そうだよ、きっと大丈夫。だって今日まで一生懸命修行してきたんだもの。僕はただ皇帝のためにアガスティアの葉を読み、力を尽くせばいいんだ。僕にしかできない役目を果たせるよう、全力で頑張ろう）

「アスラさん。あそこに見える高い柵の向こうが、いよいよヴァドラ帝国の領地ですよ」

行商人たちが指差した方向を見霽《みはる》かす。その柵の途切れたところには、兵士たちが守る関所があった。

その横に、誰かが立っている。

オレンジ色の丈の長い上着《クルタ》に白い細身のズボン《チュリダル》を穿《は》いた、すらりと華奢な青年。青年はアスラを見つけるなりスッと腰を折り、深く頭を下げた。

「ようこそ、アスラ様。お待ちしておりました」

(いったい誰なんだろう?)

どこか近寄りがたい雰囲気をまとった、物静かな印象の青年だ。肩よりも少し短い、このあたりでは珍しい真っすぐな黒髪を、長い前髪ごと片方の耳にかけている。鼻すじの通った繊細な顔立ちは中性的で、男なのに『美人』という形容すらふさわしく思える。

「私は、今後あなたにお仕えさえていただくサイラと申す者です」

「え……『お仕え』?」

「はい。アスラ様の身の回りのお世話をするよう、皇帝《スルタン》から仰せつかっております」

「そっ、そうなのですねっ」

サイラは見たところアスラより二、三歳年上だろうか。年齢の近い相手の思いがけない出現に心強さを覚えて、声を弾ませる。アスラは胸の前で両手を合わせて挨拶《あいさつ》してから、にっこりと人なつこく笑いかけた。

その瞬間、青年がくるりと背を向ける。

(……あれ?)

「ここからは私が案内させていただきます。皇帝がおわす宮殿までは、まだしばらくかかりますので」

（何だか今、さりげなく無視されたような……？）

いや、きっと気のせいだろうとすぐに思い直して、アスラは取り残された笑顔をそうっと引っ込めた。

「本当にありがとうございました。みなさん、どうぞ気を付けて旅を続けて下さいね」

ここまで一緒に来てくれた行商人たちに感謝の気持ちを伝えて別れ、アスラはサイラが連れて来ていたアラビア馬に乗りかえて再び出発した。

北インドから中央インドにかけて広がるヒンドゥスターン平野は、インダス川とガンジス川、ブラフマプトラ川の三水系が育《はぐく》んだ世界最大の沖積平野だ。平坦で樹木が少ないため、米や小麦、綿花やサトウキビやトウモロコシなどが盛んに栽培されていて、緑の絨毯のような水田や畑が一面に広がっている。

けれど進むにつれて、馬の上から眺める風景は荒れたものへと変わっていった。

草木は枯れ、砂埃の舞う見渡す限り茶色の景色は荒涼《こうりょう》としていて、殺伐《さつばつ》とした雰囲気すら漂っている。ぽつぽつとたたずむ民家の壁はどれも崩れかかっており、草葺《くさぶ》きの屋根が抜け落ちているものもあった。家の前や道ばたに座り込んでいる人たちが身につけているのは、薄汚れた粗末な綿の衣服。小さな子どもが一人ぼっちでうずくまっている姿も、あちこちで見かける。

（インドで一番の大国のはずなのに……いったいどうしたんだろう？）

「ここからがヴァドラ帝国の首都、ラナプールになります」

間もなく目の前に現れたのは、真っすぐに伸びる大きな通りをはさんで整然と区画された、だだっ広い町並みだった。とはいえ人気《ひとけ》はほとんどなく、建ち並んでいるのは廃屋のような建物ばかりだ。

立派な建物や店が軒を連ね、大勢の人々や牛が行き交うにぎやかな城下町――そんな想像とはほど遠い景観に、アスラはすっかり戸惑ってしまった。

「向こうに見えてきたのが宮殿です」

そう、サイラが教えてくれた時だった。

バオーンッという大きな鳴き声が轟《とどろ》く。次いで「おい、何してるんだっ。邪魔だっ」という怒鳴《どな》り声。

見上げると、声の主は象の背中に乗った恰幅《かっぷく》のいい男だった。象を止めようともせず男が去っていった後の道ばたに倒れていたのは、幼い少年。

その少年の顔と脚からは、赤い血が流れ出していた。

「たっ、大変だ……っ」

慌てて馬から降りようとしたアスラを、サイラが制止する。

「孤児が封土主《シャギールダール》の象に轢《ひ》かれかけただけです。あなたには関係ありません」

「だけどケガをしてるのに、放ってなんかおけないよっ」

　迷うことなく馬から飛び降りると、アスラは少年に駆け寄った。ここにいては危ないと、少年の体を道の端へと移動させる。それから皇帝との謁見《えっけん》用にと両親が用意してくれた絹の帯を腰から引き抜き、包帯代わりに脚の傷へと巻き付けた。

「これでひとまず出血の方は止まると思うけど——大丈夫？　歩けそう？」

「あの……どうもありがとうございます」

　サイラの言った通り、少年は孤児だった。両親とも疫病《えきびょう》で亡くなってしまったのだそうだ。十歳くらいに見えるが、とても小さくて痩せているのはきっと食べるものにも困っているからなのだろう。

　ポケットの中の食べ物をあるだけ——といっても、里から持って出た乾燥させたサトウキビとナッツの残りを渡すと、少年は、

「こんなに……本当にいいのですか？　ありがとうございます。このご恩は忘れません」

　と何度も何度も頭を下げ、ケガをした足を引きずりながら去っていった。

「九年前の大干ばつであらゆる植物が枯れ、多くの餓《が》死《し》者が出ました。それ以来農民たちの暮らしは困窮《こんきゅう》を極め、孤児たちが大勢発生しているのです」

　一連の様子を少し離れた場所から見守っていたサイラの説明に、アスラは衝撃を受けず

にはいられなかった。

（ここに来るまでの風景があんなに荒れ果てていたのは、そのせいだったんだ――）

ということは、途中で見かけた子どもたちもみんな孤児なのだろうか。あんな小さな子たちが食べるものも寝るところも満足にない上、一人ぼっちでいるなんて、どんなに心細いことだろう――。

想像しただけでつらくてたまらなくなる。言いようもないほどの重苦しさが、暗い雲のようにどんよりとアスラの心を覆っていった。


ヴァドラ帝国の首都に建つ宮殿は、南北に長い広大な敷地の中にあり、高さ十メートルもの城壁が四方を取り囲んでいる。それよりもまだ高い、まるで雲に届きそうにそびえ立つ正門は、上部がインド・イスラーム風の望楼になっていて、堂々とした風格を持ってアスラを威圧していた。

「私たちはここで馬を降りなくてはなりません。ここから先を騎乗したまま通ることができるのは、皇帝だけなのです」

言われた通りに下馬して門をくぐると、広い外庭があらわれた。サイラによると、ここは閲兵式などの儀式が行われる場所らしい。その中央部に整然と列をなす並木の間の道を進み、はるか奥に立つ第二の門を過ぎると、正面に見えてきたのは尖った屋根を持つ壮麗な建物だった。

「ここが、政府の高官たちが仕事をしている宮廷です。わが国の政治はここですべてが決められます。皇帝の執務室や諸外国の大使たちとの謁見に用いられる広間も、この中にあります」

足を踏み入れたその建物は、玄関のホールから贅沢《ぜいたく》を極めていた。窓にはめ込まれたステンドグラス越しの光が、大理石の床へと煌びやかな色彩を落としている。金の装飾が施された吹き抜けの天井からぶら下がっているのは、ダイヤモンドの散りばめられた目も眩まんばかりのシャンデリアだ。

ホールの大きな窓越しに、広い中庭が望めた。大理石で造られた池は透明な水をなみなみとたたえ、濃い赤色の葉をもつ睡蓮《すいれん》が純白の大輪の花を咲かせている。この中庭で深い木立を作っているのは、アスラが見たこともない珍しい木々ばかりだ。

「すごい……、なんて豪華な宮殿なんだろう」

「こちらです」

敷地内には、いずれも二階建ての四つの棟《むね》が、中庭を囲むように東西南北に配置されている。最初の南の棟から回廊を通って東の棟へと移動し、アスラが通されたのはその二階にある一室だった。この建物は、使用人たちの住居として使われているらしい。

「ここが、これからアスラ様がお住まいになる部屋です。お食事は私が毎回お部屋に運ばせていただきます。皇帝との謁見式は明朝に予定されておりますので、今夜はゆっくりお休み下さい」

「今日はわざわざ迎えに来てくれて、どうもありがとうございました」

まるで業務連絡のように淡々と告げ、静かに一礼して出て行くサイラの背中にお礼を伝えてから、ぐるりと部屋を見回す。

七メートル四方はあるだろうか。アスラに与えられた部屋は、これまでもっと小さな部屋で弟たち五人とくっついて眠っていたことを思うと、贅沢な広さだった。造り付けの大理石の寝台に、机、長椅子、棚、それに洗面台。中庭に面した大きな窓を開けると、森と風の匂いが部屋を満たした。少しだけ、アガスティアの里を思い出す。

「みんな、今頃どうしているかな……」

サイラが運んでくれた夕食を終えると、アスラは明日の謁見に備えて早々に寝台に体を横たえた。

(明日はいよいよ皇帝にお会いするのだな)

あらためて、緊張が込み上げてくる。とはいえ長旅で疲れていたから、久しぶりにちゃんとした寝具にくるまって、すぐにウトウト――と思いきや、窓の外から聞こえてきた声に眠りを邪魔されてしまった。

「……いけません、こんなところで」

若い男の声だった。中庭、しかもアスラのいる窓のすぐ下から聞こえてくる。

（何だろう？）

じっと耳をすませていると、

「放して下さい。――あ…っ」

悲鳴と、今度はガサガサと争っているような物音。

（どうしたんだろう。――まさか、ケ、ケンカっ……!?）

心配になって、そうっと寝台を出る。そろそろと足音を忍ばせて窓に近寄ると、アスラは再びじっと耳をそばだてて様子をうかがった。が、もう何も聞こえてこない。

おそるおそる窓の下をのぞいてみると、長い巻き毛の若い男の姿が目に入った。

「ダメ……嫌です。やめて下さい……」

（『嫌』？　それに、『やめて』？）

この二つの言葉で、疑いが瞬く間に確信へと変わった。

（やっぱりケンカだ！　な、何とか助けなくっちゃ。でもどうしたら……？）

オロオロと部屋の中を見回す。とっさに目についたのは、洗面台だった。

「…や、そんなところ……、ぁ――っ」

後のことなど、考えている余裕はなかった。洗面台へと向かい、洗面器を手に取ると、アスラは急いで窓辺に戻り、中の水をジャーッとぶちまけた。

「わっ」

効果はてきめんだったらしく、小さな悲鳴とバタバタと走り去る足音。その後に「おい、待てよ」と呼び止める声が続く。そのまま遠くなっていく足音で、どうやら無事に逃げ切ることができたらしいと分かった。

「良かった……」

ホッとしたとたん全身の力が抜けて、へなへなと床に座り込む。だがしかし次の瞬間、

「おい、そこのおまえっ」

と下から低い声で怒鳴られて、アスラはギクッと固まった。

「そこにいるのは分かってんだ。隠れていないで、さっさと出てこい」

（な…、何？　もしかして僕に言ってる……？）

窓へと這い寄り、おそるおそる目まで出してのぞくと、下から見上げている男と目が合った。暗くて顔までは見えないものの、ほのかな月明かりでとても背が高いことだけは分かった。

「せっかくいいところだったのに、邪魔しやがって――いったい誰だ？　名を名乗れ」

（す、すごく怒ってる……）

確かに、いきなり水をかけられたら、誰だって怒って当然だ。いくら困っていた相手を助けるためだったとはいえ、ちゃんと謝らなければならない。

潔《いさぎよ》く観念すると、アスラはすくっと立ち上がった。

「ぼ、僕はアスラといいます。あ、と言っても今日この城に来たばかりですので、ご存じないとは思いますが」

バカ正直に答え、相手の反応を待つ。

だが向こうからの返事はない。不自然なくらいに開いた間を怒りの大きさだと受け取って、アスラは震え上がった。

（ど、どうしたらいいんだろう……）

ビクビクしつつ、心の底から頭を下げる。

「す、すみませんでしたっ。でも、あの、ケンカはよくありませんよ」

「はぁ？　ケンカなんかしてねえよ」

「あれ？　だけど相手の人が『やめて下さい』って……」

「何をわけの分からないこと言ってんだ。こういう時の常套句《じょうとうく》だろうが」

「え、『こういう時』って？」

アスラは首を傾げる。まったくかみ合わない会話に苛立ったように、下の暗闇からチッという舌打ちが響いた。

「――もういい。だが今度邪魔したら、ただじゃおかないからな。覚えておけ」

そんな脅し文句を残して、男が去って行く。

足早に遠のいていく足音を聞きながら、アスラはサーッと青ざめた。

「え、『今度』って、もしかしてまたケンカするつもり……ってこと？」

どういうことなんだろう。そんなにたびたび、しかも予告付きでケンカをするなんて、まったく状況が理解できない。

とはいえ無事困っていた相手を助けることができたことに、アスラは満足していた。満たされた気分で寝台に戻って、目を閉じる。

「それにしても乱暴な人だったな。あんなにガラの悪い人がいるなんて、宮殿って怖いところなんだな……」

そんなことを考えながら、いつしか深い眠りへと落ちていった。

・4・

宮廷のホールにある眩い黄金の扉が召使いたちの手によって開けられると、さらに豪華な大広間が現れた。広い壁は一面アラベスク模様の金箔《きんぱく》で覆われ、赤の漆《うるし》で縁取られた天井の中央部はドーム状に高くなっていて、天窓からは朝の陽ざしが降り注いでいた。

前方の一段高くなった場所に置かれているのは、ライオンを象《かたど》った、瞳の部分に大きなルビーがはめ込まれた白い玉座だ。部屋の両側には、頭にターバンを巻いた正装姿の重臣や役人たちが、深々と床にひれ伏して並んでいた。

玉座の正面、磨き上げられた黒い大理石の床に、アスラも同じようにひざまずき頭を深く下げて待つ。

やがて皇帝が入室してきた。一同がそろって顔を上げる。

次の瞬間、アスラは、声を上げた。

「まさか……っ」

つややかな褐色の肌に、シャープな輪郭。凛々しい切れ長の目は鋭く輝き、引き締まった口元には若き皇帝の威厳が漂っている。頭に無造作《むぞうさ》に巻かれたターバンのすそからは、長い黒髪がはらりと肩に落ちていた。右眼には、ケガでもしているのか黒い眼帯がつけられていて――それが端正な顔立ちに孤高の狼のような、危険な雰囲気を添えていた。

象牙の玉座に座っているその人に、かつての面影はもうない。けれどどんなに変わっていても、見間違えるはずはなかった。

(――間違いない。八年前に小川のほとりで出会った、あのシャリアだっ)

思わず、挨拶を促されるよりも先に立ち上がってしまう。前に一歩踏み出そうとして、近衛兵《このえ》に「無礼者」と遮られるが、アスラは「あ、あの……」と話しかけずにはいられなかった。

「ぼ、僕です……アスラです」

あのシャリアが目の前にいるなんて。とても信じられなかった。まさかこんなところで会えるなんて。何という偶然だろう。こんな奇跡が本当にあっていいのだろうか。

「覚えていませんか？　八年前に川のほとりで――」

玉座で肘をついたままのシャリアが、きりりとした眉を怪訝そうに顰める。

「何の話だ」

「え……？」

「俺はおまえなんかに見覚えはない」

言葉を失って、アスラは一歩後ずさった。

（どういうこと……？　僕のことを、覚えて……ない？　そんな、まさか）

「――いや、そういえば」

追いかけるように落ちてきた声に、風を切る速さで顔を持ち上げる。

（お、思い出してくれたっ⁉）

期待で上気したアスラの顔を、シャリアがじっと見据えてきた。

「――ああ、おまえか」

（よかったっ、ちゃんと覚えていてくれたんだ……っ）

「昨夜、俺に水をぶっかけてきたやつだな」

続いた台詞《せりふ》に、アスラは「ええっ⁉」と耳を疑った。

何のことかとしばらくの間考えて、ようやく思い当たる。

(長い巻き毛……の方じゃないから、てことは、まさか、昨日の夜窓の下でケンカをしてたあの怖くて乱暴そうな男が、シャリアっ⁉)

やっとのことで「ち、違います。いえ、違いませんけど――」と声を絞り出す。状況を理解することも受け入れることもできず、ひたすら混乱しているアスラを、玉座の上からシャリアの瞳が見下ろしていた。

まったく知らない相手を見るような、温度の低い目。何の感情も読み取れないだけでなく、興味すらないと言わんばかりの。

(やっぱり人違い……? いや、でもそんなはず――)


謁見終了後、アスラはまっしぐらにサイラのもとへと向かった。

サイラの控え室は、アスラの部屋とはドア一枚で隔《へだ》てられた続きの間にある。

「サイラっ、訊きたいことがあるんだけどっ」

叫びながら部屋に飛び込んだアスラを、サイラがぴしゃりと制する。

「宮殿の中は走らないで下さい」

「あ……ごめんなさい」

「ここはあなたが育った森の中とは違います。あなたはまがりなりにも皇帝直属のナディ

・リーダーなのですから、もっと威厳を持って振る舞ってくださらないと」
淡々とした、どこか突き放すような話し方は、サイラの癖のようだ。なまじ綺麗な顔立ちをしているものだから、こんな風に注意されるだけでも、ものすごく怒られているような気になる。

「今度から気を付けます……」

アスラは一瞬シュンとしたが、すぐに立ち直って知りたかったことを訊《たず》ねた。

「ね、皇帝のお名前は何て言うのですかっ？」

「シャー・カウバル二世皇帝です」

「シャー・カウバル二世……？」

――『シャリア』じゃない。ということは、やはり人違いなのだろうか。

「いや、絶対にそんなはずはない。だけど……」

じゃあ、どういうことなんだろう。ますます混乱して、ぶつぶつ呟く。

「確かにシャリアだと思ったのに……。ちょっと、いや、だいぶ変わってはいたけれど。だからって見間違えるはず――」

「皇帝の前ではその名前で呼ばれませんように」

いきなり忠告されて、アスラは独り言が聞こえてしまっていたらしいことよりも、言われた内容に驚いた。

「それ、ど、ど、どういう意味⁉」

「別に、そのままの意味です。おおかた誰かが呼んでいるのを耳にされたのでしょう？　古くからの使用人の中には、いまだにそう呼ぶ者もいるようですから」

「じゃなくて、『その名前』ってとこ。だって皇帝の名前は『シャー・カウバル二世』じゃ……？」

ようやく自分の思い違いに気付いたのか、サイラは失言を後悔するように小さく息を吐いた。それから渋々続ける。

「『シャー・カウバル』という名前は即位にあたってお父上から受け継がれたものです。ですから皇帝も当然別のお名前をお持ちで、それが『シャリア』なのです」

（やっぱり、人違いなんかじゃなかったんだっ）

心の中で叫んで、飛び上がる。

「だけど、その名前で呼んではダメだなんて、なぜ……？」

「そこまでは私も存じ上げません。ただ、皇帝ご自身がその名前で呼ばれることを嫌っておられますので、ここではその名前を口にしないようご注意下さい」

「嫌ってる？　そんな、どうして――」

その夜、アスラは部屋の床の上にぺたんと座り込み、窓枠に肘をついて外を眺めていた。

中庭の木々の間から、他の棟の灯りが漏れている。時折聞こえてくるのは男女の笑い声。さすが一国の宮殿だけあって、夜になっても賑《にぎ》やかだ。アガスティアの森とは全然違う。

それでも、見上げた夜空は故郷のものと変わりはなかった。無数に瞬く星が、静かに世界を見下ろしている。

「シャリアはやっぱりあの時の『シャリア』で間違いなかったんだ……」

思いがけない再会で、アスラの胸はいっぱいだった。まさかヴァドラ帝国の皇帝があのシャリアだなんて、想像だにしていなかった。

（すごく立派になっていたな。これからシャリアのもとで働くことができるなんて、夢みたいだ……）

昼間の謁見の場面《シーン》が、何度も繰り返し蘇ってくる。そのたびに自分を見てもシャリアが気付く素振りすらなかったことを思い出して、落胆せずにはいられなかった。

だけど、と大きく首を振る。

（僕とシャリアが出会ったのは、もう八年も前の、しかもたった一度のことだもの。覚えてなくても忘れてしまっていても、仕方がないよね……）

そう自らに言い聞かせて、残念な気持ちを心から閉め出す。

（たとえシャリアが僕を覚えてくれていなくても、こうしてまた会えたことを感謝しなくっちゃ）

その時不意に浮かんできたのは、昨日ここに来るまでに目にした光景だった。

草木の一本も生えていない、荒涼とした大地。粗末な民家。貧しい国民や孤児たち。

この国がこんなにも荒廃し、困窮しているということ。そしてこの国を統治しているのがシャリアだということ――。

たちまちもやもやとした黒いものが胸に広がり、不安で心が覆い尽くされる。

（シャリアの治世はうまくいっていないんだろうか？）

そんな悪い予感を、無理に振り払う。

（それでも、今日から僕はシャリアのナディ・リーダーなんだ。あの時励ましてくれた恩返しができるよう、明日から精一杯頑張ろう）

そう決意を新たにして、アスラは静かに目を閉じた。

・５・

王宮に来て二度目の朝は、ざわついた気配とともに訪れた。

話し声で目を覚ましたアスラが廊下に出てみると、多くの人が慌ただしく行き交っている。

何かあったのだろうか、とまだぼんやりしたままの頭で眺めていたら、向こうから見覚えのある男性が近付いてきた。

頭に黄色のターバンを巻き、赤銅《しゃくどう》色をした細長い顔は神経質そうで、こけた両頬の上では細い髭がぴんとそり返っている。確か、昨日の謁見式の時にシャリアの一番近くに控えていた人物だ。この国では皇帝に次ぐナンバー2の座にあるウマル・ワリという名の首席大臣で、シャリアの実父の代から片腕となって皇帝を支えてきたのだと紹介された。

「あの、何かあったのですか？」

声をかけたアスラの前で足を止めて、首席大臣は困り果てたように眉を顰めた。

「実は、皇帝のお姿が見当たらないのです」

「えっ、皇帝のお姿が？」

そう聞いて、にわかに心配になる。なぜならヴァドラ帝国はインド一の強大国であると同時に、敵も多いと父親から聞いていたからだ。

長年戦乱が続いたインド亜大陸がこの数十年平和なのは、ヴァドラ帝国が睨みをきかせて他の国々を抑え込んでいるからだ。だが裏を返せば、領土の拡大を狙う小国にとってヴァドラ帝国、ひいてはその皇帝として君臨するシャリアの存在は邪魔でしかない。

（ま、まさかシャリアの身に何か――？）

青ざめたアスラを見て、首席大臣が慌てて言い足す。

「とは申しましても、心配には及びません。皇帝の行方が分からなくなるのはこれが初めてではありませんから。ただそのたびに大切な公務が滞ってしまい、皆困っておるのです」

「えっ、初めてではない？　どういうことですか？」

「こちらに着任されるにあたって、すでにわが国の事情はお聞き及びかと思いますが……」

そこで首席大臣は声を潜めた。

「皇位継承権のある皇太子以外の王子は、通常ほとんど公《おおやけ》の場に出ることはありません。そのため民には知られていないのですが、実は現皇帝は、訳あって幼い頃から他国でお育ちになりました。ですが三人の兄君たちが相次いで流行病で亡くなられたため、急遽《きゅうきょ》皇位を継承することとなり、八年前にこの国に戻ってこられたのです」

それを聞いて思い出したのは、あの日、シャリアの口から聞いた話だった。

（確かにシャリアはそんなことを言っていた。お兄さんが亡くなられたために跡を継ぐことになった、生まれてすぐ養子に出されたのに呼び戻されるんだ、って）

「ですが皇帝がこの国に到着される直前、父君である前皇帝までもが突然の病でお亡くなりになってしまわれたのです。そのため皇帝は、皇帝の仕事の何たるかを学ばれる機会もないまま、即位せざるを得ませんでした。ですからご自覚がいまだに乏《とぼ》しいのも、致し方ないことだと承知はしておるのですが……」

（じゃあ、シャリアは実のお父様に、結局お会いすることはできなかったんだ……）

どんなに残念で、寂しかったことだろう。そう思うとアスラまでもが悲しくなる。

（だけど、『自覚が乏しい』――って？）

その言葉に違和感を覚えて、アスラは首を傾げた。

あの時、何も事情を知らないアスラの目にシャリアは、ただ育った国を離れることを寂しがっているのだと映った。その陰で『皇位を継ぐ』という重責まで背負っていたなんて、アスラには知るよしもなかった。でもだからこそ、シャリアは『アガスティアの一族に生まれついたことをどう思ってる？』と訊ねてきたのだろう。きっと自分の置かれている立場やこれから待ち受けている運命に、不安を感じていたから。

（その上で『僕も頑張るよ』と約束してくれた。あの約束には、シャリアの覚悟が込められていたに違いない――）

あの時、シャリアはどんな気持ちで約束をしてくれたのだろう。そして今日まで、一人でどれだけの不安と闘ってきたのだろうか。

比べるのもおこがましいけれど、アガスティアの一族の嫡子として生まれ落ちたアスラにも、シャリアが耐えてきた重圧が少しだけ分かる気がした。

（孤立無援《こりつむえん》の中、ずっと頑張ってきたんだ。時々どうしても逃げ出したくなることがあったって仕方ないんじゃないかな……）

アスラの憶測は瞬く間に断定へと変わった。

（そうだよ。だから決して『自覚がない』わけじゃない）

「ですが私は、皇帝ならば必ず先代を超える名君になってくださると信じております。亡き父君のためにも、私はこの身に代えても皇帝をお支えしていく覚悟でございます」

それは、胸にじーんと響く言葉だった。

（こんな忠義に篤《あつ》い家臣がそばにいてくれたんだ。シャリアは決して一人なんかじゃなかったはず）

胸を打たれて、アスラは首席大臣の手を取った。両手でギュッと握りしめて、ぶんぶんと勢いよく振り回す。

「ありがとうございます。これからも皇帝のこと、どうぞよろしくお願いいたしますねっ」

ポカンとしている首席大臣に、

「では、僕も皇帝を探しに行ってまいりますのでっ」

と弾んだ声で言い残して、駆け出す。

大臣もほかのみんなも、シャリアを頼りにして待っているのだ。早く見つけ出して公務に戻ってもらわなくては——そう思うと、じっとしてなんかいられなかった。

とはいえどこにいるのか、見当もつかない。宮殿の中は広すぎて迷子になってしまいそうだし、前の広場はそれ以上だ。

ふと思い立って、中庭へと向かう。中庭ですらちょっとした森ほどの広さがあるものの、睡蓮の浮かぶ大理石の池の脇を抜け、花壇の間の小径をのぼって小高い丘の上にあるイスラム風の庭園小屋《イフタリエ》に出ると、庭全体を見渡すことができた。だがしかし草花も樹木もみんなそよそよと黙って風に揺れているだけで、人のいる気配はなかった。

来た時とは反対方向の、北側の宮殿へと続く小径を駆け下りる。途中で右手に折れ、木立の中に足を踏み入れると、見上げた壁にはアスラの部屋の窓があった。

「最初の夜にシャリアがいたのは、確かこのあたりだったはず……」

その時、どこからともなくクスクスという笑い声が聞こえてきた。まるで恋人同士が会《おう》瀬《せ》を楽しんで睦《むつ》みあっているかのような、甘さを含んだ笑い声。

「誰かおられるのですか……？　──あ…っ」

張り出した枝を手で押しのけた向こうにいたのは、果たしてシャリアその人だった。傍《かたわ》らにいるのは、短髪の若い男性だ。近衛兵の制服を身につけているだけあって、彫像のような整った顔立ちをしている。最初の夜に一緒にいた青年とは別人のようだ。彼の上着とズボンは半分脱げかけていて、胸元から下腹部までが丸見えになっている。

「シャ……じゃなくて、皇帝」

こんなところで二人で、しかもそんな乱れた格好で何をしているのだろう。

「そちらの方はどなたですか？　見たところ勤務中のようですが」

単に目にしたままを口にしただけなのに、相手の男は血相を変えた。

「もっ、申し訳ございませんっ。以後このようなことのないよう気を付けますっ」

そう叫んで、男は大慌てで置いてあった剣を手に逃げ去っていった。

相手の後ろ姿がすっかり見えなくなってから、後に残ったシャリアがアスラを振り返る。怒っていることがありありと読み取れる仏頂面だった。

今はターバンを巻いていない長い髪をかき上げながら、

「……またおまえかよ」

と睨み付けられて、アスラはきょとんと訊ねる。

「こんなところで何をされているのですか？」

「見れば分かるだろ」

そう言われてもまるでピンとこない。見るとシャリアの胸元も大きくはだけていて、その下からは六つに割れた褐色の腹筋がのぞいていた。

「それにしてもどうしてそんな格好……」

呟いてから、ハッとする。

「――まさか、またケンカっ⁉」

「どこの世界に、ケンカするためにわざわざ服を脱ぐやつがいるんだよ」

「それは……あ、服が破れては困るからでしょうか？」

あきれたように首を振って、シャリアは草の上に体を投げ出した。そして目を閉じる。

「お昼寝をしている場合ではございません。さ、一刻も早くお仕事に戻りましょう」

「今日はそんな気にならない」

「えっ、どうしてですか？」

「体調が悪いからだよ」

「それは大変です。お医者様をお呼びしましょうか？」

「少し風邪《かぜ》気味なだけだ。誰かさんに水をぶっかけられたおかげでな」

自分のせいだったのかと気付いて、アスラは申し訳ない気持ちで頭を下げた。

「とにかく、ひとまずはお部屋にお戻り下さい。首席大臣もみなさんも困っておられましたから」

「困るわけないだろ」

「そんなことありません。皇帝には大切なお仕事がたくさんおありなのですから」

ようやく目を開け、シャリアが視線を合わせてくる。それから嘲《あざけ》るように鼻で笑って黙り込んだ。

さわさわと風が枝を揺らす。

どうすれば公務に戻る気になってくれるのだろう。もし自分だったら――そこまで考えて、「しまった」と青くなる。

（一人で重圧に耐えかねている時に『大切な仕事』だなんて言っちゃって、余計に追い詰めてしまったのでは……？）

今さらもう遅いかもしれないけれど、アスラは「だ、大丈夫ですよ、皇帝」と慌てて言葉を付け足した。

「皇帝は決して一人ぼっちなんかではありません。不安になられた時はいつでも首席大臣が力になって下さいますし、これからは僕もお側におりますから」

「……は？　真っ昼間から何寝言言ってんだ」

「ですから安心してお仕事に戻ってくださって大丈夫だと申し上げているのです。大切なご公務が滞ってしまっては、みんな困ってしまいますし」

「いったい何をどうしたら、そんな意味不明の話になるんだ」

チッと、苛立たしげな舌打ちが響く。

「仕事、仕事と、いつまでもしつこいやつだな」

紫色の上衣《シェルワニ》に付いた草を払いながら立ち上がって、シャリアはアスラを忌々しそうに睨み付けた。

「――そこまで言うならついてこい。見せてやるよ。おまえが言う『大切な仕事』とやらをな」

連れて行かれたのは皇帝の執務室だった。

第二の門の正面に建つ南側の宮廷には大臣の執務室や各省庁などが置かれていて、いわゆる官庁としての機能を担っている。その一角にある皇帝の執務室は、非常に実用的にできていた。三方の壁は床から天井まで書架が造り付けになっていて、コーランのほか、歴史書、法学書、聖法書、文学書、哲学書などがびっしりと並んでいる。広い部屋の真ん中には優美な白檀《びゃくだん》の机と椅子があり、書類が山のように積み上げられていた。

その山の中から、シャリアが一束を手に取る。

「これは予算の決済書で、あっちは地方からの陳情《ちんじょう》への対応報告書。向こうが会議の議事録と決議書で、その向こうは国営事業の決裁報告書だ。要するにどれもすでに終わった仕事に関するものばかりで、俺の役目はただ事後報告の書類に判を押すことだけなんだよ」

アスラは耳を疑った。

「判を押す、だけ……？」

「そうだ。実際に俺が何かを判断したり決定することは、一切ない。あるのは形ばかりの仕事だ。つまり俺はただのお飾りで、いわゆる『傀儡《かいらい》』ってことだよ」

「傀、儡……？」

思いがけない事実を告げられて、すぐには意味を理解することができなかった。

（傀儡だなんて、どういうこと……？　だってシャリアは前皇帝の正式な跡継ぎで——）

そこへ、「失礼いたします」と宮殿の警備兵が入って来た。腰に差した剣を折り目正しい動作で床に置き、シャリアの前にひざまずく。

「今朝捕らえた賊《ぞく》の処分は、どういたしましょう」

「賊？　ああ……」

うなずいて、シャリアが命じる。

「その者をここへ連れてこい」

それからアスラの方を振り返って、ニヤリと笑った。

「そういえば俺に決定権のある『大切な仕事』が一つだけあったのをすっかり忘れてたよ」

警備兵が連れてきたのは、縄で縛られた一人の少年だった。まだ十歳くらいで、薄汚れた粗末な服を着ている。靴は履いておらず、とても小柄で痩せていて、「やめろっ！　放せよっ！」と力いっぱい暴れて抵抗している。

その少年の顔を正面から捉えて、アスラは息をのんだ。

一昨日、宮殿の近くで象に轢かれかけたところをアスラが助けた、あの少年だったのだ。

「きみはあの時の――」

けれど少年はアスラには目もくれず、シャリアを真っすぐに睨み上げて叫んだ。

「ここには食べ物でも何でも、余るほどあるんだろっ？　オレたちはみんなお腹を空かせて、飢え死にする人だっているっていうのに。少しくらい分けてもらって、何が悪いんだよっ」

ここに来るまでに目にした、荒れ果てた国の様子が浮かんでくる。けれどその訴えがシャリアの心に届く様子はまったくなかった。シャリアは少年を平然と無視して、警備兵に訊ねる。

「こいつが今朝宮殿に侵入しようとしていたという泥棒《どろぼう》か」

次いでアスラに、

「この城の中で起こった犯罪だけは、皇帝への反逆罪として俺の一存で処理することができることになっているんだ」

と説明してから、再び警備兵に向かって命令した。

「この者の両腕を切り落として、宮殿の外に放り出せ」

あんまりな内容に、アスラが飛び上がる。

「ちょ、ちょっと待って下さい。それは……どういうことですか⁉」

「どうもこうもない。この国では昔から、盗みを働いた者は腕を切断、強盗は足を牛車に轢かせる、他人を殺《あや》めた者は同じ方法で死刑にすると決まっているんだ」

罪を犯し、他人を害することがどんなに悪いことなのか、アスラだってよく分かっている。とはいえあまりの刑罰の厳しさに、戦《おのの》かずにはいられなかった。

「まさか、いくら何でもそんなひどいこと――第一この子はまだ子どもじゃないですか」

「子どもだからこそ、今のうちに自分が何をしたかを思い知らせておく必要があるんだよ」

「だ、だけど、誰だって罪を犯したくて犯してるわけではないはずです。この子だってきっとやむを得ない事情があって――」

「どんな事情があろうと、関係ない。次の被害者が出るのを防ぐためにも、そいつが二度と同じことを繰り返さないよう厳しく処罰する。それのどこが悪いんだ」


自分の部屋に戻ると、アスラはばったりと寝台に倒れ込んだ。

少年がシャリアに向けた、憎しみのこもった目つき。シャリアにぶつけた言葉。これから彼が受けるであろう罰。そして何より、シャリアがあんなひどいことを平然と命令したこと。目の前で起こった何もかもが、現実だとは思えなかった。

「あれが本当に、あの時のシャリア……？」

まるで別人だった。

シャリアがあんなことを平気で命令できる人だったなんて。貧しく一人ぼっちの、食べるものにすら困っている孤児に対して、胸を痛めることも、哀れみを感じることもなく。とても信じられない。信じたくなかった。

（すべては『傀儡』だからなのかな。あれがこの国のやり方だから、仕方がないのかな）

だとしても、悲しくてたまらなかった。あの日から『もう二度と泣かない』という約束を守り続けてきたけれど、今はどんなに我慢しても涙がこぼれてしまいそうだ。

その時だった。

「元気出シテ」

いきなり頭の上から声が聞こえてきた。

びっくりして体を起こすと、部屋の中をバサバサと一羽の鳥が飛んでいた。

開けっ放しの窓から入ってきたのだろうか。全身が明るい緑色をした、体長四十センチくらいの大きな鳥だ。くちばしと首の周りが首飾り状に鮮やかなピンク色をしていて、羽の緑色とのコントラストがとても美しい。

あたりを見回してみたけれど、部屋の中にいるのは確かに自分と、その鳥だけだ。

ぱちくりと緑色の瞳をいっそう大きく見開いたアスラの前で、鳥が寝台の脇に置かれた椅子に止まる。そしてアスラは今度こそはっきりと、その鳥のくちばしが動いて、そこから声が出てくるのを見た。

「アスラ、元気出シテ」

「どっ、どうして僕の名前を知ってるのっ⁉」

驚きのあまり飛び上がってしまったアスラに向かって、鳥はさらに、

「アスラ、笑ッテ」

と話しかけてくる。

「べ、別の言葉もしゃべった……」

思わず、ゴシゴシと目を擦る。が、夢ではなかった。間違いなくそこにいる鳥へと、お

そるおそる近寄ってみる。

「おいで」

おずおずと手を伸ばすと、鳥は大きく一度羽ばたいて、アスラの肩に止まった。

ずい分人に慣れているみたいだから、誰かに飼われていたのが逃げ出してきたのかもしれない。

あまりに驚いたのと不思議なのとで、涙はいつの間にか引っ込んでしまっていた。それなのに鳥はいつまでも「アスラ、元気出シテ」「笑ッテ」と繰り返している。

その、まるで一生懸命自分を励まそうとしてくれているかのような様子が微笑ましくて嬉しくて、アスラはついくすっと笑いを漏らした。

「……そうだね。泣かないっていうシャリアとの約束を今まで守ってきたんだもの。これからも何があろうと泣かないで頑張らなくちゃ。せっかくこうして奇跡的に再会できたんだ。何とかシャリアの役に立てるよう、頑張ろう」

あんなにも悲しく沈んでいた心に、ひとすじの希望とやる気とが芽生えてきた。

「さ、明日からまた頑張るぞっ」

決意も新たに、考えを巡らせる。具体的にどうすればいいか――もちろん答えは一つしかなかった。自分がここに来た本来の目的は、アガスティアの葉を読むことだ。アスラにできるのはそれだけで、そのためにこれまで頑張ってきたのだから。

ふと見ると、戸棚に一冊の本が置かれていた。ヴァドラ帝国のこれまでの歴史について書かれた本らしい。

それを手に取り、寝台に横たわる。地方の小さな王国の青年騎士にすぎなかったシャリアの祖父が、どのようにしてヴァドラ帝国を築き上げ、皇帝の座にまでのぼりつめたか。波乱に満ちた人生の記録に、最後まで夢中で頁《ページ》をめくる。

やがて、長旅を終えた直後にもかかわらず連日いろいろなことがあり過ぎたせいか、まだ夕方だというのにアスラはいつしかそのままやすやすと眠り込んでしまっていた。

・6・

「はっ、いけない！」

目を覚ました時、久しぶりにぐっすり眠ったためか頭の中がボーッと靄んでいて、今がいつなのか、果たしてどのくらい眠っていたのかすら、すぐには分からなかった。

中庭の方から小鳥のさえずりが聞こえて、ようやく朝なのだと気付く。つまり半日以上も眠り続けていたということなのだろうか？

ふと眠る直前の記憶が蘇ってきて部屋の中を見回したけれど、あの緑の鳥の姿はもうなかった。

「ちゃんとおうちに帰れたのかな……」

開けっ放しの窓辺に立ち、空に向かって呟いたとたん、グーッと盛大にお腹が鳴る。

そういえば、昨日は夕食も食べずに眠ってしまったのだった。とはいえあの鳥が励ましてくれたおかげか、前日の落ち込みが嘘のように気持ちが晴れ晴れとしている。

「よしっ。見てて。今日から頑張るからっ」

はりきって朝陽に話しかけた直後、サイラが洗顔用の水を持って入ってきた。

「おはようございます」

「おはようっ、サイラ」

弾んだ声で朝のあいさつを返したアスラを、サイラが最初は驚いたように、次は訝しげに二度見してくる。

「どうかした？」

「……いいえ、もう立ち直られたのかと思いまして。昨日はずい分落ち込んでおられたようでしたのに」

「えっ、どうして知ってるの⁉　僕、サイラに話したっけ？」

「いいえ。ですがあなたほど顔に出やすい方はおられませんので」

（顔に出やすい？　てことは、サイラは部屋に戻ってきた僕を見ただけで、落ち込んでいることに気が付いてくれたの？）

「じゃあ、夕食の時間になっても起こしに来なかったのは、そのせいだったんだね。僕のことをそっとしておいて、朝まで眠らせてくれようと」

じーんと心に広がる感動は、けれど当のサイラによって否定されてしまった。

「お言葉ですが、そうではありません。そもそもあなたが落ち込んでいようが浮かれていようが私には関係ありませんし、関心もありませんから」

出会って四日目にもなると、徐々にサイラのことが分かってきた。感情を表に出すことがなく、常に冷静で、ほんのちょっとつれない。それでも昨日は自分のことを心配して、朝までそっと寝かせておいてくれた。冷たく見えるのは外見だけで心の中はとても優しいことに、アスラはもう気が付いていた。

「僕のことを気遣ってくれて、どうもありがとう、サイラ」

感謝を込めてにっこりと笑ったアスラを、サイラが変な顔で見ている。それがなぜなのか、アスラには見当もつかなかった。

「そういえば昨日の夜、不思議なことがあったんだよ」

ついさっき『自分には関係ないし関心もない』と宣告してきたばかりのサイラは案の定返事をしなかったけれど、アスラは構わず続けた。

「言葉をしゃべる鳥が部屋に迷い込んできたんだ。綺麗な緑色の鳥でね、くちばしと首のところだけが鮮やかなピンク色をしてるんだ。人に慣れてるみたいで、おいでって言ったら肩にも乗ってきたよ」

　サイラが洗面台へと移動して水を注ぎながら、渋々の返事をする。

「……それはおそらくオオホンセイインコですね。オウムの仲間です。この亜大陸の南の方に棲息《せいそく》している鳥で、ペットとして飼われたりもしているそうです」

「へぇ、サイラって、もの知りなんだね」

　心の底から感心して、アスラは目を丸くした。

「しかもその鳥、なんと僕のことを励ましてくれたんだよ。人間の気持ちが分かって会話までできるなんて、すごい鳥がいるもんだねぇ」

　ようやくサイラが手を止めて、じろりと胡乱《うろん》な目線を合わせてきた。

「──それ、本気で言っておられます？」

「もちろんだけど……どうして？」

「そんなわけないでしょう。オウムやインコは人間が教えた言葉を覚えてしゃべることはあっても、自らの意志で話すことはありません」

「そうなの？　じゃあ昨日の鳥はどうしてあんなこと……本当に、泣きそうになっていた僕を励ましてくれたんだよ？　『アスラ、元気出シテ』『笑ッテ』って」

「ではきっと夢でも見ていたのでしょう。さ、いい加減に無駄話はやめて、朝の支度をなさって下さい」

会話を強制終了されて、素直に従う。長椅子の上に用意された服に着替えながら、アスラは朝食をのせたお盆を手に戻ってきたサイラに訊ねた。

「ねぇ、サイラ。今、皇帝はどこにおられるのかな？」

「まもなく公務の始まる時間ですので、執務室だと思います。それが何か？」

「ちょっと、僕の仕事のことで皇帝にお会いしたいなと思って」

机の上に皿を並べていたサイラが、怪訝そうに振り返る。

「お仕事の？　ではアガスティアの葉を読むようにとのお召しがあったのですか？」

「いえ、まだそういうわけじゃないんだけど」

――でも僕は一刻も早く務めを果たして、シャリアの役に立ちたいと思っている。

伝えようとした意気込みは、続くサイラの一言であっさりと挫《くじ》かれてしまった。

「でしたらお召しがあるまでお待ち下さい。たとえナディ・リーダーであろうと、呼ばれてもいないのに皇帝のもとに伺うことは許されてはおりませんので」

けれど待てど暮らせど、その時はいっこうにやってこなかった。あのシャリアが今はこんなに近くにいるのに、会うことも叶わない。

一日千秋《いちじつせんしゅう》の思いで待つ一週間は、一ヶ月にも二ヶ月にも感じられた。

（どうしてシャリアはいまだに仕事を言いつけてくれないんだろう？　もしかして長旅で

疲れているかと、気遣ってくれているのかな）

日に日に募る焦りを抑えようと、気分転換に中庭へと出た。

（でも、僕は少しでも早くナディ・リーダーとしてシャリアの役に立ちたいのにな……）

そんなことを考えながら歩いていたら、何かにつまずいた。

見ると、草の陰から足が二本、にょきっと出ている。

「しっ、死体⁉」

驚いたが、よく見るとそれは生きている人の――シャリアの足だった。先日と同様、ごろんと空を仰ぐように寝転がり、腕枕をして目をつむっている。

「こっ、皇帝。お久しぶりです。こんなところで何をなさっているのですか？」

声を上ずらせたアスラを、シャリアが眼帯をしていない方の目を薄く開けて見る。それからウンザリしたように吐き捨てた。

「――おまえか。今度は昼寝まで邪魔する気か」

「またお昼寝ですか？　あれ、でも今日はお友だちとご一緒ではないのですね」

「さんざん邪魔しておいて、よく言うよ。みんなおまえに見つかってしまうと警戒してて、おかげでこっちは大迷惑だ」

再び目を閉じたシャリアが、まるで野良犬を追い払うように手を振る。

「いえ、実はお願いしたいことがあるんです」

幸運な偶然で、やっとシャリアに会うことができたのだ。この機会を逃したら次はいつ会えるか分からない――そんな必死の思いで、アスラは申し出た。

「あの、僕でしたらもう大丈夫ですので、そろそろ仕事をさせていただけないでしょうか」

「仕事？」

「僕の本来の仕事、つまりアガスティアの葉を読むことです」

「ああ――」

シャリアがうなずく。よかった、分かってもらえたのだ。

「では早速……」

ホッとして言いかけた次の瞬間、アスラは信じられない言葉を耳にした。

「それなら必要ない」

「えっ⁉　どういうことですか？」

「葉を読む必要はないってことだよ」

「ど、どうしてですか……？」

「俺はアガスティアの葉なんて、信じてないからだよ」

まさかシャリアの口から、これほど完全で一方的な拒絶の言葉を聞くとは、想像もしなかった。

奈落《ならく》の底へと突き落とされたような衝撃に、立ちすくんでしまう。すぐには言葉を継げなかったが、それでも何とか震える声で訊き返した。

「な、なぜ信じていないなんて……？」

「どうせ当たるわけないからだよ。あんなの、インチキに決まっているからな」

「イ、インチキ――」

その一言に、心が粉々に砕け散ってしまいそうだった。それは、アスラこそがシャリアに初めてアガスティアの葉を読んだ人間であると同時に、アスラにとってもシャリアが、初めて葉を読んで欲しいと言ってくれた相手だからだ。――八年前の、あの時に。

シャリアがこれほどまでにアガスティアの葉を信じられなくなってしまった理由。それは自分のせい以外にあり得ない。

きっとあの時、最終試験にすら合格できずにいた自分なんかが葉を読んだ上に、勝手な解釈を加えたりしたからだ。祖父にあれほど注意されていたにもかかわらず。

「だ……だけど、僕はそのためにここに来たんです。そしてせっかく恩返――じゃなくて、皇帝のお役に立てると思ったのに。お願いです。どうか僕にアガスティアの葉を読ませて下さい。何とか皇帝のお役に立ちたいんです」

一心に、頼み込む。アスラのすがるようなまなざしを容赦《ようしゃ》のない瞬きで断ち切って、シャリアはゆっくりと立ち上がった。

「――いいだろう」

「えっ、本当ですか！？」

「だが、俺には必要ない。それだけはこれからも変わらない。絶対にな」

きっぱりと言い残して去っていくシャリアの背中を、アスラは茫然《ぼうぜん》と見送った。

それは、八年前のあの時とは真逆の言葉だった。まだ修行中の身だからと断ったアスラにどうしても読んで欲しいと言ってくれて、『きっといいナディ・リーダーになれると思うよ』とまぶしい笑顔で笑いかけてくれた、あの時とは。

アスラは今日までずっと、あの時のシャリアとの約束を胸に頑張ってきた。不思議な運命のいたずらで偶然の再会が叶った今、ようやく恩返しができると喜んでいたのに。

他には何の取り柄もない、ドジで出来の悪い、里始まって以来の落第生。そんな自分にできることといえば、ただ心を込めて葉を読むことしかないのだ。なのにそれすらも否定されてしまったら、いったいどうしたらいいのか分からない。

何の役にも立つことができない自分が、ただひたすらにつらく悲しかった。


しょんぼりと肩を落として部屋に戻ってきたアスラを、衣装棚の整理をしていたサイラがちらりと横目で見た。洗濯物を入れてきたカゴを手に、無言のままくるりと背を向けて出て行こうとして、けれどサイラはドアの前で足を止めた。ハーッとため息を落とし、いかにも仕方なさそうに振り返る。

「そもそも関心もありませんしあなたの個人的な話を伺うのは私の仕事の範囲外ですが、一応お訊ねしておきます。また何かあったのですか？　立ち直ったり落ち込んだり、本当に忙しい人ですね」

アスラは椅子に腰を下ろして、力なく答える。

「さっき皇帝に『葉を読ませて下さい』ってお願いしたら、断られてしまったんだ……」

「それはまた、どういう理由で？」

「『アガスティアの葉なんか信じていない。どうせ当たらないしインチキだ』って」

「それで？」

「何とか読ませて下さいませんか、って頼み込んだら、今度は『いいだろう。だけど俺には必要ない』って――」

あの場面が蘇ってきて、涙が出そうになる。心からの拒絶を示す、シャリアの表情。棘のあるまなざしが、アスラを冷たく見下ろしていた。最後はきっぱりと背を向け、一縷《いちる》の望みも絶ちきるような凍える声で「俺には必要ない」と言い捨てて。

「『俺には必要ない』だなんて……『俺には必要ない』……え、『俺には必要ない』？　あれ、待てよ⁉」

すごいことに気付き、思わず声が上ずる。

「『俺には』って言ったよね？」

「それがどうしたって言うんですか」

「ということは、他の人になら読んでもいいってこと……？　そうだよね、きっとそういう意味だよね⁉」

「――え？」

「そっかぁ。だったら僕にも、まだできることがあるかもしれない」

不審そうに顔を顰めているサイラとは対照的に、アスラは瞳をきらきらと輝かせた。暗闇の向こうにひとすじの希望を見つけた気分だ。

「そうと決まったら、サイラはどう？　今までのお礼に、一番最初にサイラに葉を読んであげられたら嬉しいな」

「私ですか？　――いえ、結構です」

「どっ、どうして？　まさかサイラもインチキだと思って……？」

「単に自分の未来になど興味がないだけです」

とりつく島もなく断られてしまった。けれど、アスラはこの新しい思いつきに夢中だった。まだ自分にはできることがあるのかもしれない。

「だけどどうやって葉を読む相手を見つけたら――」

里にいる時は、ただ待っていればよかった。アガスティアの葉の評判を聞いて、世界中から人々が訪ねてきてくれたから。でもここでは違う。皇帝直属のナディ・リーダーである自分が民の葉も読むことを、どうしたら広く知ってもらえるだろう。

『アガスティアの葉、読みます。無料』という張り紙を部屋の扉に貼ってみたらどうだろう。あるいは『アガスティアの葉を読んで欲しい方、ご用命は宮殿まで』という立て札を町のあちこちに立てるとか。

（――いや、どっちも何か変だ）

頭を抱えていると、突然ドアが開いた。

「失礼します」

一礼しながら入ってきたのは、首席大臣のウマル・ワリだった。

「少しよろしいでしょうか」

アスラのいる東の棟は召使いたちの住居だから、普段は首席大臣のような地位の高い人が訪れることなどない。どうしてわざわざこんなところに、と困惑してしまう。

大臣は慇懃《いんぎん》に腰を折り、「小耳に挟んだのですが」と前置きしてきた。

「是非アスラ様に私の葉を読んでいただきたいのでございます。皇帝からお許しが出たと伺いましたゆえ」

なぜ、もう大臣が知っているのだろうと驚いて、すぐに気付く。きっとシャリアが話したのだろう。つまり、あの時の言葉は『他の人の葉なら読んでもいい』という意味で間違いなかったのだ。しかもこうして首席大臣がやってきたということは、もしかしたらシャリアは自分がアガスティアの葉を読むことを後押ししてくれているのでは……？　張り切らずにはいられない。

ともあれ、アスラにとってはこの国に来てから初めての正式な仕事だ。張り切らずにはいられない。


「では、そちらにおかけ下さい」

長椅子に着席した相手の右手を、アスラは取った。真剣なまなざしで、親指の指紋を見つめる。おそらく今までで一番長い時間をかけてじっと見入った後、けれどアスラは戸惑いながらその手を放した。

「……申し訳ありませんが、僕には首席大臣の葉を読むことができそうにありません」

「——どういうことですかな？」

怪訝そうに首を傾げる首席大臣に、困惑を隠せないまま説明する。

「人間の体には約十万本、つなぎ合わせると地球二周半分もの長さになる脈管が走っていて、その中を『生命素』が巡っています。その『生命素』は体の特定の場所でのみ表面から見ることができると言われていて、その一つが指紋なんです。でもある事情で脈管が詰まって『生命素』の流れがせき止められてしまうと、指紋を読み取ることができなくなってしまうのです」

「はて。その『ある事情』とはどういうものなのでしょう？」

訊かれて、困ってしまう。なぜ首席大臣の指紋が読み取れないのか——その理由はアスラ自身にも分からなかったから、祖父から教えられた通りに答えるほかはなかった。

「それはあの、たとえば体の中に不純なものがある場合など、です」

「不純なもの？」

首席大臣が訝しげに眉間にしわを寄せる。

「ではその『不純なもの』とは、いったい何のことですかな？」

さらに突っ込んで問われて、首席大臣には当てはまらないだろうなと思いながらも、アスラは正直にありのままを伝えた。

「たとえばお酒など、禁じられている嗜好品《しこう》です。あとは……」

「あとは？」

「憎しみや策謀などの、負の感情です」

突然、ガタンと音を響かせて首席大臣が立ち上がった。

「何がおっしゃりたいのでしょう？　つまり私の中にそのようなものがあるとでも？」

「と、とんでもありません。決してそういうわけでは――ただ一般的にそう言われているというだけの話で……」

予想外の激しい反応に口ごもったアスラの言葉を最後まで聞くことなく、首席大臣は踵《きびす》を返した。そして「もう結構」と言い残すと、ひどく慌てふためいた様子で部屋を出ていってしまった。

（あんなに急いで帰ってしまうなんて、いったいどうしたんだろう？）

不思議な気持ちで首を傾ける。

もっと不思議だったのは、どんなに目を凝らしても精神を集中させても、首席大臣の指紋をまるで判読できなかったことだった。これまで多少苦労したことはあっても、まったく読み取ることができないなんて、アスラにとっては初めての経験だ。

（首席大臣にはあんな説明をしてしまったけど、よく考えたら僕の力不足のせいかもしれないのに……申し訳ないことをしてしまったな）

その時だった。

「アスラー、アスラー」

と、あの緑のインコが窓から入ってくる。

「やあ、また来たんだね。おまえのお家はいったいどこなんだい？　それとも迷子なの？」

アスラが笑いかけると、インコはバサバサと肩へと止まってきた。

「アスラ、笑ッテ」

「えっ、どうして急に？」

落ち込んでいたことを知っているのだろうかと、ビックリした。まさか人間の言葉や気持ちが分かるだけではなく、過去や未来までお見通しなのだろうか？

「心配してくれてありがとう。でも大丈夫だよ。もうすっかり元気になったから」

そういえば、前もインコはアスラが落ち込んでいる時に現れた気がする。単なる偶然かもしれないけれど、自分を慰めに来てくれているみたいだ。

「そうだ。お礼にきみに名前をつけなくちゃね。何がいい？　あ、空から飛んで来たから『ソラ』はどうかな？」

果たしてその名前を気に入ってくれたのかどうか分からないが、ソラは嬉しそうに、

「頑張レ。アスラ、頑張レ」

とくるくるとスピードを上げて部屋の中を旋回し始め、そのままの勢いで窓から飛び出していってしまった。

「ああっ。遠くに行って、もっと迷子になっちゃったら大変だっ」

慌ててソラを追って、アスラも部屋を飛び出す。中庭とは反対側へ出ていくソラを追いかけるものの、ソラは高く舞い上がり、高さ十メートルもある塀を軽々と飛び越えていってしまった。急いで東門の門番兵に許可をもらい、アスラも宮殿の外へと出た。

宮殿の東側には、正門側より更に寂れた町並が広がっていた。かつて大干ばつに襲われる前は、商人たちの邸宅が建ち並んでいたのだろうか。けれど今や人影はほとんどなく、数人の子どもたちが崩れかかった土塀の前に座り込んで遊んでいるだけだった。

「捕まえたっ」

はあはあと息を切らすアスラの腕の中で相変わらずおしゃべりを続けているソラの声を

聞きつけて、子どもたちが集まってくる。

「ねぇっ、今、鳥がおしゃべりしてなかったっ⁉」

「お兄ちゃんの鳥って、おしゃべりができるの？」

子どもたちは、アスラを見てさらに驚いた。頭のてっぺんから足先までを穴が開くほど見つめていたから、きっとアスラのような肌や髪の色を目にするのは生まれて初めてなのだろう。その中で一番小さな四歳くらいの女の子が、黒い瞳をまん丸にしてアスラの顔をじーっとのぞき込んできた。

「わあ。おにいちゃんの目の色、この鳥さんとおなじなのね」

「そういえば、確かにそうだね」

「うん。いっしょ。鳥さんの羽もおにいちゃんの目の色も、とってもきれい」

「本当？　どうもありがとう」

好奇心いっぱいにきらきらと輝いている瞳とは裏腹に、みんな顔も衣服も砂埃で汚れ、小さな足は裸足《はだし》のままだった。嫌でも暮らしの貧しさが偲《しの》ばれる。

「そうだっ」

この子たちにアガスティアの葉を読んであげたら、少しは喜んでくれないだろうか。この子たちが少しでも未来に希望が持てるよう、手助けできないだろうか。

「僕の目を誉めてくれたお礼に、きみたちのアガスティアの葉を読ませてくれないかな。

何か知りたいことはない？」

「ア……の葉、ってなあに？」

「きみたちの未来が書いてある葉っぱのことだよ。ずーっと昔に生まれたアガスティア様という方が、みんなのために書き遺して下さったものなんだ」

「はい、はーい！　じゃあオレっ！」

一番年上でひときわ元気のいい、意志の強そうな顔立ちをした男の子が手を上げる。

「どれどれ」とアスラはその子の手を取り、右の親指を見つめて訊ねた。

「きみが知りたいのはどんなこと？」

「えーっとね、今日の晩ごはんが何かってこと！」

無邪気《むじゃき》な答えに、思わずプッと吹き出してしまう。

「とっても素敵なお願いだけど、ちょっと難しいかもしれないよ。あ、もしかしたら晩ごはんを作ってくれるお母さんの葉にならば書いてあるかもしれないけど」

「じゃあ、お母さんの葉を読んで下さい！」

言うなり、男の子はぐいぐいとアスラの手を引っぱって近くの家に連れていった。家といっても、雨風をしのぐのがやっとのあばら屋だ。土壁は半分以上が剥がれ、茅《かや》葺きの屋根も崩れかかっている。

その家の前で、母親らしき女性が小さな赤ちゃんを背負って、具の見あたらないほとんど汁だけの鍋を火にかけていた。とても若く、男の子とよく似た愛らしい顔立ちをしている。着ているものも、同じように粗末だ。

男の子が母親にアスラを紹介すると、母親は驚いた様子だったが、

「でしたら他に知りたいことがあります。この国には仕事らしい仕事がないので、私の夫は国外に出稼ぎに行っています。あの人がいつになったら私たちのもとへ帰ってこられるのか、どうかアスラ様のお力で教えていただけませんでしょうか」

そう、真剣なまなざしで頭を下げてきた。

もちろん断る理由などない。アスラは母親の指紋を脳裏に刻みつけて、走って城に向かった。里から大切に持ってきた大きな箱のうちの一つを開けると、その中から彼女の葉ともう一束、男の子の分の葉も取り出して、急いで戻る。

「ご主人があなたのもとに帰ってくるのは、タミル歴でいうマカラの月――つまり二月だと書かれています」

アスラがそう伝えた瞬間、母親の頬がバラ色に上気した。

「では今から三ヶ月後ということですか？　本当に――そんなに早く⁉」

「三ヶ月後に、この国で大規模な何かが始まるようです。その工事に伴って人手が必要となり、多くの雇用が生まれるため、以後ご主人はずっとあなたのそばで仕事を続けることができるとも書かれていますよ」

たちまち、母親の目から涙があふれ出す。言葉を詰まらせながら、背中の赤ちゃんを指さした。

「この子は生まれてからまだ一度も父親に会ったことがないんです。いつ帰ってこられるのか、もしかしたらもう二度と会えないのではと心配しながら毎日不安な日々を送ってきましたが、おかげで今日からは希望を持つことができます。だってあと三ヶ月で家族が揃って暮らすことができるんですから」

涙を拭って、アスラに深々と頭を下げる。

「これまで私たち庶民には、ナディ・リーダー様とお話しすることすら、畏《おそ》れ多いことでした。なのにあなた様は違うのですね。その上、まさか私などのような者にアガスティア様の葉を読んでいただけるなんて……本当にありがとうございます」

「ど、どうか頭を上げて下さい。それに感謝でしたら、僕ではなく皇帝にして下さい。みなさんにアガスティアの葉を読むことを許して下さったのは、皇帝なのですから」

「皇帝が？」

突然、母親の表情がそれまでとはうって変わって険《けわ》しいものへと変化した。

「あの方が……？　まさか。皇帝が私たち民の生活に目を向けて下さったことなど、一度もありません。かつてこの国はとても豊かでしたが、今の皇帝になってからは荒れていくばかりです。もし前皇帝や兄君たちがお亡くなりになっていなければ――いえ、あの方以外の方が皇帝になって下さればどんなに良いだろうと、みんな話しているくらいです」

それは驚くほど強い口調だった。そこに込められた憎しみにも近い非難を感じ取り、アスラは衝撃を受けずにはいられなかった。

あの時の孤児の少年の言葉で、国民たちがシャリアに不満を持っていることなら知ってはいた。けれどここまでとは思っていなかった。

シャリアを庇いたくても自分は何も知らないことに今さらのように気付いて、アスラは一言も言い返すことができずに、「そ、そんな――」とつぶやくだけで精一杯だった。

それから母親と別れ、しばらく子どもたちと遊んだアスラを、男の子が宮殿の近くまで送ってくれた。

「アスラ様、どうもありがとうございました。母さんの分もお礼を言わせて下さい」

横でソラが「アリガトウ。アスラ、アリガトウ」と口まねをしたので、少年が声を立てて笑う。アスラも少しだけ笑った。

「もう一つだけ、お願いがあります。オレにも葉を読んでくれませんか？　大人になって頑張って働いて、父さんや母さんを助けてあげることができるかどうか知りたいんです」

別れ際の男の子からのけなげな願いを、アスラは快《こころよ》く引き受けた。さっき母親の葉を取りに戻った時、念のために男の子の分も持ってきてある。

「きみは将来立派な学者になって、とても親孝行するそうだよ」

「え？　だけどオレ、学校にも行ってないし、字さえ読めないのに……」

表情を曇らせた少年の前に腰を落として、アスラは同じ目の高さから語りかけた。

「アガスティアの葉というのは、正しくはね、ただの予言ではなくて、これから先の人生できみたちが道に迷わないようにするための道標なんだよ。なぜなら運命というのは、今この時点で全部が決まってるわけじゃないから。だからもし今どんなに素晴らしい未来が書かれていたとしても、何の努力もしなければその未来は消えてなくなってしまう。けど書かれている内容が実現するようちゃんと頑張れば、予言が必ず叶うだけでなく、それ以上のもっと素敵な未来に変えることもできるんだよ」

とたん、男の子の瞳がいきいきと輝き出す。

「そうなの!?　じゃあ、オレ、頑張る！　アスラ様、どうもありがとうございましたっ」

どんな貧しさの中にあっても、決して希望を捨てない。そんな男の子や母親の姿に触れて、アスラは、この国の人たちみんなに幸せな未来が訪れますように、と祈らずにはいられなかった。

（そのためにはこのままじゃいけない。この国が変わらなくては、みんなが幸せになることはできない。そしてそれができるのは、シャリアしかいない――）

夕陽を彼方《かなた》に見送り、重苦しい足取りで部屋に戻ったアスラを、サイラが仁王《におう》立ちで待ち構えていた。いつもは感情を表さない瞳が、今は静かな怒気をはらんでアスラを見据えている。

「こんな時間まで、いったいどこに行っておられたのですか。散々お探ししたのですが」

「えっ…と、ちょっとソラと一緒に、町へ……」

「ソラ？」

「この前話した、人間の言葉が話せるインコだよ。名前を付けたんだ」

「ですが『ソラ』さんの姿など、どこにも見当たらないようですが？」

「あれ…？　おかしいな。ついさっきまで一緒だったのに」

「――よろしいですか。今後、二度と私に黙って勝手に外出しないと約束して下さい。あなたの身に何かあったら、困るのは私なのですから」

厳しい口調で叱られて、アスラは一気にしゅんとなる。

「ごめんなさい。もう二度としないって約束します……」

心の底から謝った後、けれどアスラは一転してにこりと微笑んだ。

「だけど、サイラがそんなに心配してくれるなんて思わなかったな。どうもありがとう」

とても嬉しいのにどこか弱々しい笑顔になってしまったのは、男の子の母親に言われたことがいまだ心に重くのしかかっていたからだ。

サイラがすっと眉を寄せる。そして見透かすような鋭い視線でアスラの瞳をのぞき込んできた。

「――で、今度は何があったのですか？」

サイラが鋭いのはいつものことだからもう驚きはしなかったが、「さすがサイラだぁ」と感心してしまった。

「そんな引きつった笑顔で、どうせまた皇帝に何か言われたのでしょう？」

「こ、今回は皇帝じゃないいんだけど……」

笑い顔ひとつで、いつもと違うことに気付いてくれる。そんなサイラの優しさを、アスラは心から嬉しいと思った。話に聞く『友だち』とは、きっとこんな感じなのではないだろうか。アガスティアの里ではまわりにいたのは身内ばかりだったから、よく分からないけれど。

（サイラが『友だち』だったらすごく嬉しいな……）

そんなことを考えながら、アスラは今日の町での出来事をサイラにぽつぽつと打ち明けた。

話しているうちに、気持ちがますます沈んでいく。シャリアがみんなからあんな風に思われているなんて、言葉にするだけでもつらくてたまらなかった。

一言も口をはさむことなく話を聞いてくれていたサイラが、最後に小さなため息をつく。

机の上に置かれた燭台《しょくだい》の炎が、窓からの風でゆらりと揺れた。

「……確かに以前は、このヴァドラ帝国は桑《くわ》の木が生い茂り、繭《まゆ》から上質な生糸《きいと》を生産するとても豊かな国でした。ですが九年前の干ばつで木々はすっかり枯れ、その年に流行った疫病で当時皇太子だった第一王子だけでなく、第二王子、第三王子までもが相次いでお亡くなりになられました。そのため、それまでまったく公の場に出ることのなかった現皇帝に、突然皇太子の座が回ってくることになったのです」

サイラはそこで意味ありげに言葉を切り、

「――というのは表向きの話で、実際は現皇帝はお父様やお兄様方とは離れ、お母様のご実家である西方の国に預けられてお育ちになっていたようですが」

以前シャリアから聞いた内容と少し違っているのは、彼が南方の国に養子に出されていたことは国民に対して知らされていないのはもちろん、宮殿内でさえ極秘中の極秘だということなのだろうか。

「ですが皇帝が帰国される直前、お父上である前皇帝までもが同じ病で崩御《ほうぎょ》してしまわれたのです。亡くなられる直前まで、前皇帝は、干ばつのせいで生活が苦しくなった民たちを何とか救済しようと考えておられましたが、なぜかその政策は現皇帝が即位されてからは立ち消えとなってしまいました。しかも現皇帝は今も続いている干ばつに八年近くも何の手も打とうとしないばかりか、ますます高い税を徴収して国民を苦しめ続けています。こんな状況では、国民たちが皇帝に対して不信や不満を募らせるのも無理はありません」

ようやく、あの男の子の母親の強い非難の理由が分かった。

『つまり俺はただのお飾りで、いわゆる『傀儡』ってことだよ』

シャリアの言葉を思い出して、声を震わせる。

「だ、だからといって皇帝だけが悪いわけじゃ――」

「確かに、皇帝は国政に関心をお持ちではありません。だから責任はないとおっしゃりたいのでしたら、それは違います。何らかの対策を講じることのできる立場にありながら何もしないでいるのは、ご自身が手を下す以上の重罪と言っても過言ではありません」

「そ、そんな――」

民よりはシャリアのことを知っているはずのサイラですらそんな風に見ていたことに、絶望的な気持ちになる。

でも、サイラの言うことは決して間違ってはいない――悲しいことだけれど、認めざるを得なかった。

（確かに、『何もしないでいる』のは、自分が手を下すのと同じだ……）

アスラにどうしても分からないのは、そのことだった。

なぜシャリアは国のこんな状況を目の当たりにして、何もしないでいるのだろう。アスラの知っているシャリアは、みんなが困っているのを見て平気でいられる人ではなかったはずだ。本当のシャリアは誰よりも強くて、優しくて、他人の痛みが分かって――。

（やっぱり、シャリアはあの頃とは変わってしまったのだろうか……）

不安が、再びむくむくと頭をもたげてくる。それをアスラは懸命に打ち消した。

「いったいどうすればいいんだろう。どうしたら皇帝が本当はそんな人じゃないって、国民たちやサイラに分かってもらえるんだろう……？」

「今さら無理だと思いますが」

アスラはじっとうつむいて考え込んだ。半分はシャリアの、もう半分は自分のために。

アスラ自身がそうではないと信じたくて。

「もし再び豊かな国に戻ることができたら、みんな皇帝のことを見直してくれるのかな？　以前、国民たちが幸せだった時のように、生活が楽になれば」

「さあ、どうでしょうか」

サイラの明らかに懐疑《かいぎ》的な返事は、けれどアスラの耳には届かない。

「そのためには具体的にどうしたらいいんだろう……」

床に座り込み窓辺に頬杖をついて、真剣に考えを巡らせる。

サイラは、かつてこの国は桑の木が生い茂り、上質な生糸を生産するとても豊かな国だったと言っていた。でも九年前の干ばつのせいで、すっかり枯れてしまったのだと。

だったら、また桑の木を植えればいい。そして蚕《かいこ》をたくさん飼って、繭を作らせて――

（そういえば、蚕ってどこにいるんだろう？）

アガスティアの森の外にも桑畑はあったが、蚕の姿を見たことはなかった。捕まえてくることができないなら、蚕蛾《かいこが》に卵を産ませて育てればいいのだろうか。蚕蛾は繭から出てくるから、つまり蚕蛾を手に入れるには繭が必要で——。

（あれ？　じゃあその繭はどこから？　それに今も干ばつが続いているなら、せっかく木を植えてもまた枯れてしまうんじゃ……？）

しばらくしてサイラが部屋を出ていった時も、夕食を持って戻ってきた時も、その後下げ膳するために再び部屋を訪れた時も、アスラは手つかずの食事を傍らに身動《みじろ》ぎすらせずに考え込んでいた。

見かねたサイラがハーッとため息をついて、仕方なさそうに口を開く。

「——たとえばの話ですが、干ばつへの対策として灌漑《かんがい》を行えば、再び緑化が可能です。幸いにもこのヒンドゥスターン平原は河川に恵まれている上、平坦で樹木が少ないため、運河による灌漑が容易とされています。その結果として土地がよみがえれば、作物が実り、自然と農民たちにも活気が戻るはずです。そして生活にわずかでもゆとりができれば、病気も孤児の発生も減っていくのではないでしょうか」

アスラは弾かれたように顔を上げる。大きく瞠《みは》った緑色の目で正面からじいいっと見つめると、サイラは珍しくたじろいだ。

「な、何ですか、いったい」

「サイラってすごすぎない？　そんなことを思いつくなんて、本当にすごいよ。僕、心から尊敬します」

素直に感心して賞賛を送ったアスラから、サイラは居心地悪そうにぎくしゃくと視線を逸らした。

「私の方こそ……この国の人間でもないあなたがなぜそこまで一生懸命になれるのか、まったく理解できません」

「え、なんでそんなことを言うの？　僕はもうこの国の人間じゃないか。ナディ・リーダーとして皇帝と国民に仕えるために来たんだから」

抗議の意を込めて、アスラは唇を尖らせた。

「だけどサイラは僕なんかにはもったいないね。もし仕えてるのが僕じゃなくて皇帝だったら、きっと優秀な右腕として喜ばれたと思うのに」

「………大丈夫です。絶対にそれはあり得ませんから」

少しだけ長い間を置いてそう言い切ったのを最後に、サイラは黙り込んでしまった。

その夜もまた、アスラは新たな期待に胸を膨らませていた。

（次にシャリアに会えたら、まず一番にサイラの案について話してみよう）

心の中で、そんな希望が燦然《さんぜん》と輝いている。今度はいつシャリアに会えるのだろう――

その日が待ち切れない思いで、アスラはすやすやと深い眠りの中に引き込まれていった。

・7・

アスラがアガスティアの里を発ったのは、七月。すなわちインドにある三つの季節のうち、日中の気温が四十度を越える暑期が終わり、一日に何度となくスコールに襲われる雨期の真っただ中だった。

そしてヴァドラ帝国に到着して間もなく一ヶ月が経とうとしている今、季節は一年でもっとも過ごしやすい乾期に入ろうとしていた。

朝、靄《もや》のただよう中庭を散歩していたら、いくぶん涼しくなった風に乗って笛の音が聞こえてきた。どことなくもの寂しい旋律《せんりつ》に誘われて足を向けると、庭園小屋《イフタリェ》に置かれたベンチに寝そべって、シャリアが草笛を吹いていた。

「……その曲、僕も聞いたことがあります。インド南部の子守歌ですよね？」

アスラに気付いたシャリアが、草笛を口から離す。次いで面倒くさそうに身を起こすのを待ちきれずに、アスラは切り出した。

「僕、いろいろ考えてたんです。ここに来る途中で見かけた国の様子とか、この前お城に忍び込んで盗みを働こうとした少年のこととか」

だがしかしシャリアはアスラを見もしない。聞いてすらいないかのようだった。

謁見式、いや正確にはその前の晩に再会した時から、シャリアのアスラに対する態度はずっとこんな感じだ。あの夜、ケンカを止めるためとはいえ水をかけてしまったことを、きっと今もまだ怒っている……のだろう、やっぱり。

とはいえ、自分はシャリアのナディ・リーダーなのだ。たとえ嫌われていても、アガスティアの葉を読むことを拒否されていても、シャリアの役に立てるよう全力を尽くしたい。

無視して去っていこうとした背中に、アスラは必死に訴えかけた。

「もしこの国が以前のように豊かになれば、生活に困って悪いことをしようとか、少なくとも小さな子どもが盗みをしようなんて考えることもなくなるはずです」

そして昨日サイラから聞いた改革案を、勢い込んで説明する。灌漑など、再び緑を蘇らせる方法について。その結果もたらされるはずの未来について。

「すばらしい案だと思われませんか？　皇帝からご提案下さったら、絶対にみなさん賛成してくれると思うんです」

（特に首席大臣は喜ばれるだろうな。シャリアが皇帝らしくなってくれることを信じて待っておられたから）

きっと分かってもらえる。何の疑いも持たず意気揚々と話し終えたアスラを待っていたのは、予想外の反応だった。

「オレがどうしてそんなことをしなくちゃならないんだ」

耳にしたその言葉を、すぐには理解することができなかった。

戸惑いながら、「え…っ？」と訊き返す。

「それは……だってこの国を治めておられるのは皇帝ですから」

「俺は単なるお飾りだと言っただろ」

「みんなはそうは思っておりませんよ……？　むしろ皇帝には先頭に立ってこの国を何とかしていただきたいと――」

「悪いが、俺にとってそんなことはどうでもいい」

そう言い捨てて立ち去ろうとしたシャリアを、アスラは咄嗟《とっさ》に呼び止めた。それが本当にシャリアの口から出た言葉だなんて信じることができなくて、声を震わせる。

「そんなことって――何がですか？　それにどうでもいいって……どういう意味でしょうか？」

「民の暮らしがどうだろうが国がどうなろうが、俺には関係ないってことだよ」

「か、関係ないだなんて――」

この時になって、ようやくアスラは悟った。

今までアスラは、シャリアは自分が『傀儡』扱いされていることを仕方なく受け入れているのだと思っていた。でもそうではなかった。シャリアは見て見ぬ振りをしていたのだ。

つまりこの国の状況も、国民たちがどんな生活を強いられているかもすべて分かっていいながら、自らの意志で関わらずにいた――。

　だけどいったい……どうして？

「ですが、この国がインド大陸随一の大国になることができたのは、決して歴代の皇帝たちの力だけではなかったはずです。確かに領土を広げていったのは皇帝たちかもしれませんが、国としての発展はみんなの努力と頑張りがあったからではないのですか…？　その民たちが、今は貧困に苦しんでいるんですよ……？」

　もう、シャリアからの返事はない。それどころか立ち止まってもくれない相手に、心からの訴えはまるで届いてはいないようだった。

　その事実がアスラを打ちのめす。

　それでも、どんなに貧しくても懸命に生きている人々のことを思うと、続けずにはいられなかった。

「だから、今度は皇帝であるあなたが恩返しをする番だと思うんです」

　こちらに向けられたままの背中に向かって、必死で声を振り絞る。

「今皇帝がすべきことは、この国の未来を、みんなが幸せに暮らせるように変えていくことです。なぜならそれが皇帝の役目で、皇帝にならきっとできると思うから。皇帝にしかできないと思うから」

　シャリアが足を止め、ようやく振り返った。そしてアスラを睨み、吐き捨てた。

「俺はおまえが思ってるような人間じゃない。おまえの勝手な理想を押しつけられても、迷惑なだけだ」

「か、勝手な理想なんかじゃありません」

「じゃあ、何なんだよ」

「それは――」

思わず、『だって僕は知っているからです』と言ってしまいそうになって、思いとどまる。真に伝えたい言葉はかろうじて飲み込んで、アスラは言い直した。

「僕が、信じているからです。本当の皇帝は誰よりも強くて正しくて優しい人だ、って」

あの日目にしたシャリアのまぶしい笑顔が、色鮮やかに蘇ってきた。声に力がこもってしまうのは、あの時の笑顔に偽りはなかったと思っているからだ。真っすぐに未来を見つめていた横顔は本物だったと、信じているから。だからあの頃のシャリアに戻って欲しい。どうしても昔の優しさを取り戻して欲しい。そう願わずにはいられなかった。

「どうか僕にそのお手伝いをさせて下さい。僕はそのためにここにいるんです。僕にできることなら、何でもしますから」

シャリアが、ぐっと唇を引き結ぶ。それからしばらくの間何かを考え込むように押し黙った後、

「そこまで言うなら――」

と、挑戦的な口調で告げた。

「今夜、俺の寝所《しんじょ》へ来い」

「え……、皇帝の寝所に？　どうしてですか？」

「つべこべ言わずに、言われた通りにしろ」

(寝所に呼ばれるなんて、いったい何の用だろう。怒らせてしまったのだろうか。だがアスラ
立場を忘れていろいろ言ってしまったから、怒らせてしまったのだろうか。だがアスラ
を怒るだけなら、あの場でも可能だったはずだ。それをわざわざ私室に呼んだということは、個人的な用なのだろうか？　サイラの案についてもっと詳しく聞きたいとか？

(——あるいは、ひょっとして、まさか、さっきの会話で僕のことを思い出してくれた……とか？)

そんなあり得ないことを期待しそうになって、自らを戒《いまし》める。

(いやいや、やっぱり単に怒られるだけなんじゃ——)

期待と不安の入り交じった気持ちで、夕食後、アスラはシャリアの寝所を訪れた。

黄金色の高い天井に、白磁《はくじ》のシャンデリアと天蓋《てんがい》付きの寝台。造りは豪華だが、それ以外の家具といえばアスラの部屋と同じ、長椅子とテーブルだけだ。皇帝の居室としては意外なほどの質素さに、ひそかに驚く。

「あの、何のご用でしょうか……？」

おずおずと中に足を踏み入れると、細身の、袖だけがゆったりとした純白のリンネルの上着に、鮮やかな青色の腰衣という出で立ちのシャリアが、壁にもたれて立っていた。ふだんの服装とはまるで雰囲気が違う。それでいてとても懐かしい気がするのは、それが、あの八年前に出会った時の格好に似ているからだと気付いて、ドキッとしてしまった。

一つだけ違うのは、頭にターバンを巻いていることだった。

シャリアのターバンは、他の人のように髪の毛を完全に隠す形で丸くきっちりと巻き上げられてはいない。ざっくりと無造作に結んであるだけで、布の片端は長く垂れ、すそから落ちた長い黒髪が肩にかかっている。それが端正な顔立ちに危うげな大人の男っぽさを添えていて、とてもよく似合っている、と思う。

シャリアがぶっきらぼうに長椅子を指差した。

「決まってるだろ。『夜のつとめ』だ。さっさとそこに座れ」

「夜の、おつとめ……？」

いっそうわけが分からなくなって、言われるままに長椅子へと座ったアスラのすぐ隣に、シャリアが腰を下ろしてくる。その近さに、再び心臓が飛び跳ねた。

間近で見るシャリアには妖しく匂い立つような艶めかしさがあって、至近距離から見つめてくる切れ長の目は、吸い込まれてしまいそうな強い引力を備えていた。

（こ、こんなにもドキドキしてて、もしシャリアに心臓の音が聞こえてしまったら――こ、困る）

なぜ困るのか、そもそも自分が何にドキドキしているのかも分からなかったけれど、とにかくシャリアに気付かれてはならない――それだけははっきり分かった。一刻も早くこの動悸《どうき》を止めなければと、左胸を無理やり押さえつける。そのアスラの手を、伸びてきた腕がいきなり捉えた。

「え……？」

シャリアの指が、ふわりとアスラの髪に触れてくる。

「あの……な、何を――？」

「そんなに仕事、仕事、と言うなら、明日から俺がすっきりした気分で仕事ができるよう、気持ちよく眠らせてくれと言ってんだよ」

（気持ちよく、眠らせて……？）

アスラが不思議そうに首を傾げる間も、シャリアの指先は色素の薄い毛先をもてあそぶように梳《す》いてきた。今までの態度とは正反対の、とても優しい動きで。

「つ、つまりその『夜のおつとめ』をした方が、よく眠れるということですか？」

「当然だろ。誰かさんに何度も邪魔されたおかげで、こっちはたまってんだ。本来ならおまえなんかお呼びじゃないが、この際贅沢は言ってられないからな」

不意に髪を離れた指が頬の表面をすべって降り、アスラの上着へとかかった。貝殻《かいがら》ででできたボタンが、上から一つずつ外されていく。

『夜のおつとめ』が具体的に何を指すのか――アスラには想像すらつかない。けれどあのシャリアがこんなにも近くにいるということ、それだけではなくシャリアの手が自分に触れているのだという現実に、原因不明の胸の高鳴りがいっそう激しくなる。体が火照って、熱くてたまらなかった。

突然大きな手のひらが左胸へと押し当てられて、びくんと体を強ばらせる。

（そ、そんなところを触られたら、ドキドキしているのがバレてしまう――）

慌てて逃れようとするけれど、シャリアの手はそれまで優しかったのが嘘のように、アスラを放してはくれなかった。

「そ、そこはダメです……」

「何だ、意外と察しがいいんだな」

懸命に逃げようとするアスラを捕らえるように、シャリアが覆いかぶさってくる。そのまま長椅子の上へと押し倒され、シャリアの顔を無防備な仰向けの姿勢で見上げて初めて、アスラは状況を理解した。

「もしかして――『夜のおつとめ』って、そういうこと……ですか？」

「やっと分かったのか」

にやりと白い歯を見せて笑って、けれど突然シャリアは脅すような口調になった。

「だが『夜のおつとめ』がどうしても嫌だと言うのなら、今後一切俺のことに口出ししないと約束しろ。そうすれば許してやる」

「いいえ、大丈夫です。でもここではダメです。ちゃんと寝台でしましょう」

きっぱりと答えて、体を起こす。

大きく瞬いたシャリアの目の前で長椅子から立ち上がると、アスラはすたすたと寝台まで歩き、仰向けに寝転がった。

「はい、どうぞ」

「――『どうぞ』？」

「慣れているので、大丈夫です。ちゃんとやり方は分かっていますから。それに僕、こう見えて結構上手いって言われてるんですよ」

「『上手い』？　おまえまさか――」

アスラは得意げにこくんとうなずく。

「ま、たかが添い寝に上手いも下手もないと思いますけどね。さ、遠慮なく隣にどうぞ」

「『添い寝』……？」

「だって皇帝は不眠症なのでしょう？　そういえばよく中庭でお昼寝をされていたのは、夜に眠れていなかったからだったんですね。全然気が付かず申し訳ありませんでした」

とたんシャリアは浮かせかけていた腰をドサッと長椅子へと落とした。

「そういう意味かよ……」

なぜかシャリアがハーッと頭を抱えてうつむく。

「里には僕より年下の弟や従弟《いとこ》がたくさんいて、なかなか眠ろうとしないその子たちを寝かし付けるのも、ずっと僕の役目だったんです。そういえばみんな、今頃どうしてるかな……」

ようやくシャリアが顔を上げた。故郷を懐かしんでいるアスラを睨み付けて、うんざりしたようにぼやく。

「すっかり忘れてたぜ。おまえがそういうやつだってことを。ったく、驚かせやがって」

それから寝台まで移動してきて、「もういい。俺は寝る」とアスラに背を向けて横になる。

その態度がまるで拗ねた子どものようだったので、アスラはぷっと吹き出してしまった。

「――では、何か話をしてもいいですか？　いつも弟たちを寝かしつける時にしてたみたいに」

シャリアからの返事はない。

沈黙を肯定だと解釈して、アスラは話し始めた。

自分が生まれ育った里の話や、ナディ・リーダーになるための修行や失敗談、故郷や一族のみんなや先祖から受け継いだこの仕事をどんなに大切に思っているか、など。

シャリアが聞いているのかどうかは分からなかった。それでも話を続けたのは、たとえ自分とのことは忘れてしまっていても、昔のことを話題にすることで、シャリア自身が過去の——あの頃の気持ちを思い出し、かつての優しさを取り戻してはくれないだろうかという期待が心の奥底にあったからだった。

まるで独り言のように長い時間しゃべり続けた後、不意に、もう眠ってしまったのだとばかり思っていた背中が話しかけてくる。

「……俺の故郷もそうだったよ」

故郷、と呼んだ言葉から、シャリアが育った国のことを今もまだ大切に思っていることが伝わってきて、嬉しくなる。

（——よかった。シャリアはあの頃の気持ちを何もかも忘れてしまったわけじゃないんだ）

シャリアが育った国はどんなところだったのだろう。一度も聞いたことがなかったから、知りたくて訊ねてみる。

「その国は、ここからは遠いのですか？」

「ああ。インドの南の端だからな。遠すぎて、簡単に行くこともできない」

「どんな国だったんですか？」

「とても小さな国で、経済的に豊かではなかったが、みんなが肩を寄せ合うようにして暮らしていた。人々は気さくで陽気で、時間の流れが穏やかで、笑い声と幸せとで満ちあふれていたよ」

　今、シャリアがどんな表情をしているのか見ることはできなかったけれど、その代わり、故郷を離れる旅の途中で見たあの寂しそうな横顔が、夕陽を反射したきらめきとともに少しも色褪せることなく蘇ってきた。

「また、その国に帰りたいと思われますか？」

「そうだな……できれば。いや、いつかは必ず――」

　そう漏らした刹那《せつな》、ハッとしたようにシャリアが口を噤《つぐ》む。瞬時に表情が硬いものへと変化した。まるで、余計なことをしゃべりすぎたとでも言わんばかりに。そしてすぐに脅し口調で口止めしてきた。

「今俺が言ったことは忘れろ。誰かに口外したら、ただじゃおかないからな」

　急にどうしたというのか、アスラはわけが分からなかった。

　それでも、シャリアと初めて穏やかな会話ができたことだけでも、アスラにとっては十分だった。ごくわずかだけれど自身のことを話してくれたことや、本心をかいま見せてくれたことも。ほんのちょっとだけだが、あの時に戻れたような気がした。

　ここで再会してからというもの、ずっと怒られるか無視されるか迷惑がられるかばかりだった中で、初めて持つことのできたシャリアとの穏やかな時間だった。

これから少しずつでも、こんな時間を重ねていけたらいいのに。会えなかった八年間を、埋め合わせることができるくらいに。

やがて眠ってしまったシャリアの背中を見つめながら、ふとあることを思い出す。

「あれ？　そういえば――」

今さらのようにシャリアの最後の言葉が浮かんできて、ガバッと飛び起きた。

「『口外したらただじゃおかない』って、つまり『今日のことは二人だけの秘密』ってこと……？」

気付いたとたん、胸の中がじわりと温かくなる。

「ひょっとしてこれは三つ目の約束では……フフフ」

思いがけない嬉しい出来事に、アスラはうきうきと心が弾むのを抑えられなかった。

・８・

翌朝、まだ眠っているシャリアを起こさないよう、そっと寝台を出る。自分の部屋に戻って着替えをしていたら、サイラが朝食を運んできてくれた。

サイラは部屋に入るなりちらりと寝台へと目をやり、テーブルの上に果実、ナッツ類、ゼリー、そしてミルクの入った瓶を並べながら、いつも通りの無表情で訊ねてきた。

「昨夜はどうなさっていたのですか？　お休みになられた形跡がないようですが」

「それが途中で何だか眠くなってしまって、そのまま皇帝の部屋で寝ちゃったんだ」

あくびをしながら答えたアスラに、サイラが珍しく慌てた様子を見せる。

「──お待ち下さい。昨夜皇帝の部屋に行かれるとは、聞いておりませんが」

「あ、ごめんなさい。宮殿の外に出るわけじゃないからいいかと思って……ちゃんとサイラに話しておくべきだったね。これからは気を付けます」

「そういうことを言っているのではありません。それより、つまりは昨夜は皇帝と一晩過ごされた、ということですか？」

「そうだよ」

「二人きりで？」

「うん」

「それで、お二人でいったい何をなさっていたのですか？」

「それはね───」

うっかり答えかけて、アスラはハッと両手で口元を押さえた。とても重要なこと、つまりシャリアとの『二人だけの秘密』という約束を思い出したからだった。

「ごめん。それについてはちょっと話せないんだ」

「もしかして『口止めされた』ということですか？　……あるいは私に話せないようなこと

があった、とか」

　これ以上は答えられないと伝えるために、アスラはきゅっと唇を横に引き結んで見せた。

「……まったく、あの方は」

　ほとほと頭が痛いという仕草で片方のこめかみを押さえながら、サイラは諭すように言った。

「――よろしいですか。家柄や地位はもちろん、あの方ほど優れた容姿をお持ちの方はそうはおられません。あわよくば皇帝のお手つきになりたいと望んでいる者が大勢いるのも、当然のことです」

「え、『お手つき』って？」

「要するに皇帝はとてもおモテになる、ということです。しかも、基本的に見境《みさかい》のない――もとい、相手を選ばれない方ですから、来る者拒まずで広く浮き名を流しておいでです」

　確かに、シャリアがとてもカッコいいのは事実だ。出会った頃よりも大人っぽく男らしくなって、いっそう魅力が増した気がする。それでも、アスラの中にいるのは八年前のあのまぶしくて清廉《せいれん》なシャリアだったから、

「まさかぁ。あのシャ……じゃなくて、皇帝に限って」

　とても信じられなくてアハハと笑い飛ばそうとしたら、すぐに真面目《まじめ》な顔をしたサイラに遮られてしまった。

「ですからアスラ様も、くれぐれもお気を付け下さいますように」

「僕が？　どうして？」

なぜいきなり自分の話になるのだろう。きょとんと瞬いたアスラを見て、サイラがハーッと長いため息を落とす。

「皇帝には、インドだけでなく遠くはヨーロッパ諸国の姫君やご令嬢まで、数多《あまた》の縁談がございます。なのにどうしていまだに独身を通していらっしゃると思いますか？」

ビクッと、アスラが飛び上がる。

「今、『縁談』って言ったっ⁉」

「ええ、申しましたが」

「え、縁談て、シャリアが結婚するってこと？」

「もちろんそうです。が、今私が訊ねているのは、なぜ皇帝が縁談をすべて断ってしまわれるのかということでして――」

しかしアスラは聞いてはいない。というより頭の中がその二文字でいっぱいで、何も耳に入ってこなかった。

結婚。それはすなわちシャリアが誰か素敵な女性に永遠の愛を誓い、妻に迎え、大切にしていく、ということを意味する。

「縁、談……」

朝食もそこそこに、心ここにあらずの状態でふらふらと中庭に出る。大理石の池に浮かぶ睡蓮の赤い葉を焦点の合わない目でぼーっと眺めていたら、頭の上からバサバサという羽ばたきが聞こえてきた。

「アスラ、アスラ」

「やあ、ソラ……」

どこからともなく現れた緑色のインコに力なく笑いかけて、アスラは再び池へと目線を落とした。

「縁談、かぁ……」

「エン、エン、ダ、エンダ――」

珍しくどもっているソラを、不思議な気持ちで見上げる。ソラにもしゃべれない言葉があるのだろうか。確かにちょっと難しかったかもしれない。

「縁談っていうのはね、結婚のことだよ」

そう説明してあげると、今度はソラにも分かったらしく盛んに繰り返し始めた。

「ケッコン……ケッコン、ケッコン」

「そうそう、今度は上手」

誉められたのが嬉しかったのか、ソラが「ケッコン、ケッコン」と得意げに続ける。その様子がおかしくて、アスラはつい吹き出してしまった。が、すぐにうかない表情でまなざしを遠くする。

「実はね、シャリアが結婚するかもしれないんだ……」

考えてみれば当然のことだった。いつかは、生涯をともにするよき伴侶《はんりょ》を見つけ、ヴァドラ帝国の将来のために跡継ぎを残す。

そんな当たり前のことに、どうして自分はこれほどショックを受けているのだろう。ただ単に今まで考えもしなかったからだろうか。シャリアに大切な人ができて、自分以外の誰かがそばにいるようになるなんて。

（え、『自分以外の』って……？）

その時、不意に背後から声をかけられた。

「あの」

白いブラウス《チョリ》に赤紫色のスカート《ガーグラ》とショール《オードニ》という服装の、城の使用人らしき中年女性だった。宮殿を飾るためだろうか、花壇から摘んできたばかりの花束を手にしている。

「もしよろしければ、私にもアガスティアの葉を読んでいただけませんでしょうか」

普通の使用人にしてはどことなく品のあるその女性には、三人の娘がいるらしい。末の娘は幼い頃は体が弱く、今は遠くの藩王国に嫁いで長い間会えずにいるのだが、もうすぐ出産するらしい。無事に元気な赤ちゃんを生むことができるかどうか、心配でいてもたってもいられないのだという。

「安心して下さい。まもなくあなたは七人目の元気なお孫さんのおばあ様になると書かれていますよ」

　とはいえただ一点だけ引っかかることがあって、アスラは首をひねった。

「失礼ですが、本当にあなたには娘さんしかいないんでしょうか？　ここには、あなたにはもう一人息子さんがおられると書かれているのですが」

「息子？　いえ……」

　一度は首を振ってから女性はハッと息をのみ、手から花束を取り落とした。

「まさかとは思いますが、それはシャリア様のことでしょうか……？」

「『シャリア』様？　もしかして皇帝のことですか？」

「そうです。それ以外には考えられません。なぜなら私は――」

　あたりを憚《はばか》るように声を潜めると、次のような内容を話してくれた。

　女性はかつてシャリアの生みの母親のお付きをしていて、シャリアが生まれた時にも立ち会っていたのだという。そして不幸にも出産の際に亡くなってしまった母親の代わりに、生まれたばかりのシャリアの世話を任されたらしい。けれど前皇帝は息子の顔を見に来ようともしなかったばかりか、一歳を迎える前に、ひそかに宮殿から出すことを決めた。愛する妻の命を奪った息子の姿が、二度と自分の目に触れることのないようにと。

　ただシャリアはれっきとした皇位継承権第四位の王子であったため、それは国民にも、ごく一部の高官をのぞく宮殿内の人間にも秘密にされなくてはならず、この女性がまだ赤ん坊のシャリアに娘の服を着せて自分の娘だと偽り、国境まで連れ出したのだという。

　この女性にはシャリアの行く先は知らされてはいなかったが、おそらく亡くなった母親の生家で養育されているのだと思い、ずっとシャリアの幸せを祈り続けてきた。運命のいたずらで再びこの国に戻ってくることとなったシャリアを、今は見守っていることしかできないが、最近の行状《ぎょうじょう》を耳にするたびとても心を痛めているのだという。

「それはそれは美しく聡明な赤ちゃんで、国に帰ってこられた当初は立派な青年に成長されたお姿を拝見して、陰ながらとても嬉しく思っておりました」

　当時のことを思い出したのだろう。女性がオードニの端で涙をぬぐう。

「シャリア様はお優しい方で、わざわざあちらの国から連れてこられた馬などの動物たちをとても可愛がっておられました。よく庭を散歩されては、私たち使用人にも分け隔てなく声をかけて下さいましたし、新皇帝に即位あそばされた当初は、お仕事にも朝早くから夜遅くまで精力的に取り組んでおられたのです」

　女性の話から浮かび上がってきたのは、アスラがここに来てから見聞きしたシャリアとは真逆の姿だった。むしろ八年前、あの小川のほとりで出会った時のままで、シャリアはアスラと交わした約束通り、ちゃんと頑張っていたのだ——少なくとも最初は。

「で、では、いったいいつから皇帝は変わってしまわれたのですか？」

「即位されて一年ほど経った頃でしょうか。狩りの最中に銃の暴発事故が起こり、一ヶ月以上も生死の境をさまよわれるほどの大怪我《おおけが》を負ってしまわれたのです。その事故で愛馬を亡くされ、右眼の視力も失われて、以来城から一歩もお出にならなくなっただけでなく、公務にもすっかり無関心になってしまわれたのです」

思わず、あっ、と声を上げそうになる。シャリアがいつも身につけている右眼の眼帯。てっきり今、ケガをしているだけなのだと思っていた。

「そんなことがあったんですね――」

一ヶ月もの間生死の境をさまようほどの、大事故。右眼の視力と、可愛がっていた馬まで失って、体だけでなく心にまでどれだけ深い傷を負ってしまったことだろう。

その時のつらさを思うと、胸が張り裂けてしまいそうだった。

最後に女性は目に涙を浮かべて頭を下げてきた。

「お願いします。どうかアスラ様から皇帝にお伝えいただけませんか。誰が何を言おうと私は皇帝を信じております。シャリア様なら必ずこの国を何とかしてくださると」

「ソラ。ダメって分かってるけど、どうしてもシャリアに会わなくちゃならないんだ。僕、ちょっと行ってくるよっ」

そう言い残して、まっしぐらに皇帝の執務室のある南の棟へと向かう。シャリアの実母のお付きだったという女性に会ったことと、その女性からの伝言を、少しでも早く伝えるために。

シャリアは珍しく机に向かい、だるそうに書類に判を押していた。

「おはようございます。失礼とは存じますが、どうしても皇帝に聞いていただきたいことがあって伺いました」

チラとも顔を上げない相手に一礼して、部屋の隅にある椅子にそろりと腰掛ける。お召しもないのに訪ねてきたことを怒っているというより、今まで通り無視されているだけのようで、少し安心する。

そのまま大人しく作業の様子を見守り、シャリアが手を止めるのを待って、アスラはさっきの女性とのことを切り出した。

「実は僕、生まれたばかりの皇帝のお世話をしていたという女性に会ったんです。その方、かつて皇帝のお母様のお付きをされていたそうです」

一瞬だけ、シャリアが鋭い目を上げる。けれどそれはすぐに再び手元へと落とされた。

「それで、あの……皇帝のお怪我のことも伺いました。とても大変な事故だった、と」

いったん言葉を切ってから、意を決して続ける。

「それ以来皇帝が変わってしまわれたと、その方は心配しておられました。事故が起こるまではご公務にも熱心で、使用人たちにも気さくに声をかけて下さっていたのに、って」

立ち上がり、机に数歩、歩み寄る。伝えたいと思う気持ちの分だけ、声に力がこもってしまうのは避けられなかった。

「その事故と、皇帝が公務への関心をなくしてしまわれたことの間に、何か関係があるんでしょうか？」

なぜシャリアが変わってしまったのか知りたくて、そしてどうしても初めて会った頃の気持ちを取り戻して欲しくて、懸命に訴えかける。

けれど答えはもらえなかったから、アスラは思いつくままに言葉を連ねた。

「でも、もしそうだとしても、大勢の民の上に立つ立場の皇帝には、みんなの幸せを守っていく責任と義務があるはずですよね？　皇帝が果たすべき大切な役目と、偶然起こった不幸な出来事とは、本来まったく別もののはずで――」

シャリアが、判を押す手も止めずに遮ってきた。

「――二度と俺のことに口を出すなと言っただろ」

「ですが、僕はまた以前の皇帝に戻っていただきたくて……」

瞬間、ガタン、と大きな音が響く。シャリアが椅子から立ち上がっていた。その手が自身の額へと伸び、黒い眼帯を外す。

その下から現れたのは、右の眼裂《がんれつ》を斜めに横切る大きな傷。そして眼球が潰れ原形をとどめていないと分かる、落ちくぼんだ眼窩《がんか》だった。

あまりにも酷《むご》くて痛々しい傷跡に、思わず目を背けずにはいられなかった。かつてアスラを心配そうにのぞき込んできた漆黒の瞳。ふわりと微笑んでくれた穏やかなまなざし。遠く故郷へと思いを馳《は》せる寂しそうな目。夜明け前の空のように澄み、世界を照らす太陽のように温かくて、月の光のように優しい。その瞳の半分が今はもう失われてしまっていたなんて――。

「偶然？　事故？　笑わせるな。あれは偶然でも事故でもない」

「……どういう意味ですか？」

シャリアがフッと唇をゆるめる。が、それは笑顔とはあまりにも大きくかけ離れたものだった。

「確かに、初めは右も左も分からないまま公務に真剣に取り組んでいたな。だが頑張れば頑張るほど、まわりで不審な出来事が増えていった。やがてあの銃の暴発事故が起こって、ようやく気が付いたんだ。この事故も今までの出来事も偶然なんかじゃない。明らかに自分が狙われているんだ、とな」

口の中がまるで砂漠の砂でも含んだようにカラカラに乾いて、声が出なかった。

「けど相手の真の狙いは俺の命ではなく、警告だった。政治には一切口を出さず、傀儡という地位に甘んじていろという、な。さもなければ俺だけではなく、育った国にいる養父母にまで危害が及ぶという脅迫文まで届いたよ」

愕然と、瞳を凍りつかせる。やっとのことで、アスラは声を絞り出した。

「ど……うして……？　いったい誰がそんなことを……？」

「『失権の原理』という制度を知っているか？」

知らない、と答える代わりに、アスラは首を横に振った。

「『王家においては養子による相続を認めない』という政策だ。皮肉なことに、もともとはこのヴァドラ帝国が、支配下に置いている藩王国を取り潰して併合するための口実として作ったものだがな。その結果、男子の生まれない国はすべて滅亡するしかなくなった。俺が生まれて間もなく、嫡子のいなかったはるか南方の藩王国に秘密裏に養子に出されたのも、向こうで実子として育てられたのも、そのくせ兄たちが亡くなったからといって、俺がいなくなれば滅びるしかない向こうの国を見捨てて力ずくでこの国に呼び戻されたのも、すべてはこの政策が原因だったんだ」

シャリアが表情を陰らせる。権力者たちの勝手な思惑《おもわく》に翻弄《ほんろう》された自分自身と、育ててくれた養父母の運命に対する苦悩が伝わってきて、胸が苦しくなった。

「あっちの国では、俺はヨーロッパに留学したことになっていて、ヴァドラ帝国の皇帝として即位したことは誰も知らない。そのうち時機を見て、俺――つまり向こうにとってのただ一人の大切な皇太子は、異国の地で病で亡くなったと発表されることになっているらしいがな」

二つの国は遠すぎて、向こうの国民がヴァドラ帝国の皇帝の顔を見る機会などあるはずがないし、そもそも名前が変わっているから、表沙汰《おもてざた》になる心配はないと踏んでのことだろうな、とシャリアは他人《ひと》ごとのように付け加えた。

「ヴァドラ帝国の皇帝の血を受け継ぐ者が俺だけとなった今、その俺にもしものことがあればこの国は滅びてしまう。だがそれは、皇帝の権力を笠に好き放題やりたい者たちにとっては都合が悪い。だから命だけは助けてやる代わりに、政治には一切関わることなく自分たちの好きなようにやらせろ、と考えている勢力がこの城の中にいるってことだよ」

そんなこと、全然知らなかった――。

まさかシャリアがこれほど困難な状況に置かれていたなんて。何度も危険な目に遭い、命を落としかけ、養父母までをも人質に取られる形で追い詰められていたなんて。

今、はっきりと悟る。

シャリアは変わってしまったのではない。これらの体験が彼を変えてしまったのだ。

(僕はなんてことをしてしまったんだろう――)

どうしてあの時――八年前、初めてアガスティアの葉を読んだ時に、過酷な未来がシャリアを待ち受けていると気付くことができなかったのだろう。もし自分がちゃんと葉を読むことができていたら。もしもあの時シャリアが出会ったのが自分ではなく、一人前のナディ・リーダーだったら。そしたらシャリアをこんな目に遭わせずに済んだかもしれないのに――。

自分が無力だったせいだ。湧き上がる涙で、視界が霞《かす》んだ。

「ごめんなさい――」

それはあの日以来、アスラが流す初めての涙だった。

シャリアに出会えたおかげで、シャリアが励ましてくれたおかげで、アスラはたくさんの勇気をもらうことができた。あの時交わした約束を支えに、これまで頑張ってくることができた。けれどシャリアはあれからずっとつらい思いをしてきたのだ。

でも、だからこそシャリアにあの時の瞳の輝きを取り戻して欲しい。こんなにも自分を支え続けてくれる言葉をくれたあの頃のシャリアに戻って欲しい。あらためてそう強く願った。運命に翻弄されながらも一度は皇帝として頑張ろうとしていたシャリアは、本質的には強くて優しい人なのだと思う。シャリアが皇帝としての責務を果たし、この国が再びよくなって初めて、彼自身も民も心から幸せになれるに違いない。

そして今はせめて、自分を支えてくれた人に感謝の気持ちを伝えたい――そんな一心で、アスラは涙をぬぐって話し始めた。

「僕、幼い頃は自分の名前や、まわりとは違う肌や瞳や髪の色がコンプレックスで、大嫌いだったんです。だけどある人に『とても素敵だ』って誉めてもらってから、自信を持てるようになりました。その人、失敗ばかりで落ちこんでいた僕のことを励ましてくれたんです。『アスラはきっといいナディ・リーダーになれるよ』って。『きみは優しいし、物事をいい方向にとらえることができるのはすごいことだ』って。その時からずっと、僕はその言葉を心の支えにして生きてきました。『お互いに頑張ろう』という約束を胸に、今日まで頑張ってきたんです」

それでもやっぱり落ちこぼれのままだったから、里を出されてここに来ることになってしまった。けれどそのおかげで、こうしてシャリアにまた会えた。まさかこんな形で再会できるとは思っていなかったから嬉しくて、なのにここでも何の役にも立てなければ、葉を読ませてももらえない。だけどどんなに迷惑がられても、たとえどんなにシャリアが変わってしまっていても、ずっと感謝し続けてきた気持ちは変わらない。

「だからこそ今度は僕が力になりたいんです」

――今まで、今もここで、一人でつらい思いをしているシャリアの力に。

アスラは大きく息を吸い込んだ。

「国民たちが皇帝に対して怒っていると聞きました。今この国がこんな状態にあるのは皇帝のせいだと。でもそれは期待の裏返しだと思うんです。皇帝なら何とかできると信じているから。皇帝にしか何とかできないと頼りにしているから」

シャリアの瞳がアスラを捕らえている。けれど今シャリアが何を考えているのか、その片鱗《へんりん》すらも読み取ることはできなかった。

（——そうだ。僕はシャリアの役に立つためにここに来たんだ）

あらためて強い思いが湧き上がってきて、アスラは自分にできる唯一のことを願い出た。

「どうか僕に皇帝の葉を読ませて下さい。今ならちゃんとできるはずですから」

二度とあの時みたいな失敗はしない。今度こそシャリアの役に立ってみせる。

互いに目を見合わせての、長い沈黙が降り落ちた。

やがてシャリアの方からスッと視線を外して、立ち上がる。次いで、ただ一言、

「俺はアガスティアの葉なんて信じていない。前にもそう言ったはずだ」

一縷の望みさえも粉々に打ち砕く強さで言い残して、シャリアは背を向けた。

そのまま部屋を出て行く。

それはあまりにも完全で頑《かたく》なな拒絶だった。

それほどまでにシャリアの心の傷は深いのだ——何よりも、アスラにとってはそのことが一番つらかった。

もうどうしたらいいのか分からない。すべてはあの時の自分のせいなのだと思うと、込み上げてくる涙をいつまでも止めることができなかった。

・

9

・

机の上に置かれたまままったく手の付けられていない昼食を、サイラが不審そうに見る。それから振り向いて、寝台の上にこんもりと盛り上がっている塊《かたまり》へと声をかけてきた。

「その一、お腹が痛くて召し上がれなかった。その二、うっかり昼寝をしてしまい食べ損ねてしまった。その三、また落ち込むことがあった。さ、今度はいったいどれですか？」

グジャラート地方から取り寄せられたという見事なインド刺繍《ししゅう》の寝具の隙間から、アスラはそろそろと顔をのぞかせる。ハァーッと、サイラがあきれ果てた様子で肩をすくめた。

「今日は今までで一番ひどいお顔ですね」

「サイラぁぁ……」

サイラの姿を見たとたん、抑えていたものが止まらなくなった。これ以上一人で抱えていることができなくて、アスラは今のつらい気持ちと、さっきのシャリアとのやりとりを包み隠さず――とはいえすべてを話すことはできなかったから、子供の頃の出会い、シャリアが養子に出されていたこと、右眼のケガが仕組まれたもので今も誰かに脅されていることを除いて、正直に打ち明けた。

中庭で女性から聞いたシャリアの生い立ち。この国に戻ってきた当初のシャリアのこと。その後のつらい経験が彼を今のように変えてしまったこと。なのに自分は何の力にもなれず、つらくて悲しくてたまらないこと。

一気に、堰《せき》を切ったように話し切った。

最後までじっと黙って聞いていたサイラは、開口一番、驚いたように呟いた。

「――変ですね。私が聞いていた話とはずい分違っているようですが」

「どういうこと？」

「いえ、てっきり皇帝は苦労知らずのお坊ちゃんで、遊び人だとばかり……たまたま前皇帝の嫡子という立場に生まれついただけで、やる気もなければ民を思う気持ちもないくせに、転がり込んできた皇帝の座にしがみついて、のうのうと遊んで暮らしているような」

「なっ、なんてこと言うわけ……っ」

思わず、寝台の上でガバッと跳ね起きる。頭で考えるよりも先に反論が口をついて出てしまっていた。

「それは絶対に違うよ。そもそもあの方は、皇帝になることなんか望んではいなかったんだよ。本当は育った国で暮らしていたかったんだ。育ててくれたご両……じゃなくて人や、懐かしい人たちがいる国で、ずっと」

頭にあったのはもちろん、八年前にシャリアが話してくれたことだった。あの時、黙って唇をかんでいた寂しげな横顔も。

「前の皇帝やお兄様たちが亡くなってしまったから、仕方なく大切な人たちと別れてこの国に戻ってきたのに。それなのにみんながそんな風に誤解しているなんて、皇帝がかわいそうだ」

アスラの熱弁に、サイラが目を瞠る。それから急にプッと吹き出した。

「ぼ、僕、また何か変なこと言った……？」

「いえ。ただ――」

サイラはまだクスクス笑っていた。普段のつんとすました表情とはまるで違う、心からの楽しそうな笑顔。屈託がなくて、少しだけあどけない。もしかしたらこれが本当のサイラなのかもしれない。

「……うらやましいだけです。私にもあなたみたいな人がいたら、今ここにはいなかったかもしれないと思うと」

「え、どういう意味？」

首を傾げたアスラにサイラが語り始めたのは、自分の身の上についてだった。

「私の母親は踊り子で、旅の途中で父親と知り合ったそうです。やがて私を身ごもりましたが、身分の違いなどさまざまな理由から周囲に知られることを恐れて母は身を隠し、地方の小作農家である祖父母のもとで私を産みました。ですが私が十一歳の時の大干ばつで祖父母も母親も亡くなってしまい、以後私は孤児として親類の家を転々とする生活を続けるしかありませんでした」

「えっ、十一歳の時から、一人で……？」

十一歳といえば、アスラがナディ・リーダーの最終試験に合格したばかりの年齢だ。大勢の家族に囲まれ、当然のように温かい食事を摂り、何の疑いもなく希望に満ちあふれた未来を夢見ていた頃の。

「どこへ行っても邪魔者扱いされ、食べる物もなければ誰かに愛されることもない、孤独な少年時代でした」

初めて知る事実に、衝撃を受ける。アスラの瞳が、みるみる涙で潤んでいった。

「だからだったんだ……。サイラがとても優しいのは、そんなつらい経験をしてきたからだったんだね」

「――優しい？　私が、ですか？」

信じられないとでも言いたげに目を丸くしたサイラに向かって、アスラはこっくりと大きくうなずく。

「うん、とっても」

「……そんなことを言われたのは、生まれて初めてですが」

「だって、僕が落ち込んでいると必ず声をかけてくれるでしょ？　この国をどうしたらいいのか一緒に考えてもくれたし、今もこうして話を聞いてくれてる。本当にありがとう。僕、サイラと友だちになれて良かった」

「友だち？　私が――ですか？」

驚いたように訊き返されて、アスラは顔を青くした。

「え、じゃあサイラはそう思ってなかったってことっ⁉」

「あ、いえ、そういう意味ではありません。ただ私は友だちというものを持ったことがないので、よく分からないだけです」

「友だちっていうのはね、大切な人のことなんだって。一緒に過ごすのが楽しいだけじゃなくて、悲しみを分かち合ったり、相手がつらい時は絶対に何とかしてあげたいと思うような。あ、だけど僕はサイラに何もしてあげられてないのに……ごめんなさい」

言いながら脳裏に浮かんできたのは、シャリアの顔だった。

(大切な『友だち』……？)

果たして、自分はシャリアともそうなりたいのだろうか。

何だか少しだけ、違う気がした。どこが違うのかは判然としないけれど。でも大切な人であることにも、シャリアのために何かしたいと願っていることにも変わりはない。それだけは確かだった。

あれこれ考えを巡らせるアスラを、サイラの澄んだ黒い瞳が静かにのぞき込んできた。

「……あなたは本当に、変わった人ですね」

それからの毎日、アスラは窓辺に腰掛けて中庭を眺めながら、同じことばかりを真剣に考え続けていた。

仮に友だちだとしたら、果たして自分はシャリアのために何ができるだろうか。

とはいえ何度も玉砕《ぎょくさい》した後なので、さすがにもう何も浮かんでこない。

「こんな役立たずのままでは、そのうち里に帰されてしまうのでは……？」

ひょっこりとそんな不安が頭をもたげて、背すじが冷たくなる。

「そんなことになってしまったら、ど、どうしよう……」

心配になっていたところに、「アスラ様ー」と宮殿の小姓が現れた。

「お客様をお連れしました」

「お客様？」

まるで心当たりがなかったので、「いったい誰だろう？」と首をひねっていると、案内されてきたのは思いも寄らない相手だった。

「よう、アスラ。元気でやってるか？」

「カッ、カイ――？」

里を出た時に別れたきりの、従兄のカイ。幼い頃から迷惑をかけ続けだったから、すっかり愛想を尽かされ嫌われて、散々きついことばかり言われてきた。

そのカイがわざわざこんなところまでやってきた理由なんて、一つしか考えられない。

きっと、自分の交代要員としてやって来たのだ。あまりの無能ぶりにうんざりしたシャリアの指示で。

サーッと音を立てて、顔から血の気が引いていく。

「こ、こんなに早く？　だけどまだ心の準備が……」

「何を一人でブツブツ言ってんだよ。実は俺さ、北西部の国にナディ・リーダーとして赴《ふ》任《にん》することが決まったんだ。で、その旅の途中でおまえのことを思い出したから、ついでに立ち寄ってやったんだ。ありがたく思えよ」

「えっ、じゃあ、僕はクビになるわけじゃないんだ……？」

「は？　何の話だよ？　相変わらずわけの分かんないやつだな」

相変わらずなのはカイもだ。口の悪さも、高いところから見下す目つきも。

「おまえ、本当にちゃんとやってんのか？　失敗ばかりで『今度のナディ・リーダーは当てにならない』とか言われて、ろくに葉を読ませてもらってないんじゃないのか？」

いきなり言い当てられて、アスラは震え上がった。

「ど、どうして分かったの……？」

浮かんできたのは、別れの時の光景だった。よほど心配だったのだろう、里中の人が集まって、『頑張れよー』と手を振って送り出してくれた。にもかかわらず何の役にも立てず迷惑がられているだけの現実が、とてもつらくて情けなかった。今のこの状況を里のみんなが知ったら、どんなに悲しむことだろう。

カイの変わらないキツさが懐かしいのと、あの時からちっとも進歩していない自分に対する自己嫌悪とで、うっかり涙が出そうになって、うつむく。

「カイ、僕――……」

「お、おい。マジかよ？」

いつもは救いようがないほど能天気なアスラが珍しく弱気になっているのを見て、カイはよほど慌てたらしい。思いがけず優しい声と手が、頭の上に落ちてきた。

「……もしかして、つらい思いをしてるのか？　だったら里に帰れるよう、俺から長老や叔父さんに頼んでやろうか？」

カイからこんな風に思いやりのある言葉をかけてもらったのは初めてだ。アスラは耳を疑って顔を跳ね上げた。

「カイ、まさか心配してくれてる、の……？」

「はぁ？　当たり前だろ。じゃなかったら、わざわざおまえの顔を見に寄ったりするかよ。おまえは俺の第一の子分で、実の弟みたいなものだからな。小さい時から面倒みてきたんだ。ちゃんとやれてんのか、心配になって当然だろ」

「知らなかった……だって僕、カイには迷惑をかけてばかりだったから、嫌われてるんだとずっと思ってて――」

森の奥で迷子になって泣いていたらガサッと木が揺れて、おばけかと思ったらもっと怖いカイが現れた時のこと。古代タミル語の書き取りをするたびに、物覚えが悪いと言われて頭にげんこつが落ちてきたこと。おねしょをしてしまった朝、怒ったカイに敷布ごと寝台から転げ落とされたこと。その日以来、どんなに頼んでも寝る前は水を飲ませてくれなくなったけれど、森からおんぶして家まで連れて帰ってくれたのも、後でみんなにバレないようこっそり敷布を洗ってくれたのも、ぜんぶカイだった。

ぽかぽかと心が温かくなっていく。ずっと見守ってきてくれたのに、バカな自分はその優しさに気付かずにいたのだ。

（一緒にいられた間に、もっといっぱい、ありがとうって言っておけばよかった……）

カイが、思い出したように口を開く。

「俺ずっと気になってたんだけど――おまえ、まさか跡を継ぐはずの自分がどうしてヴァドラ帝国に出されることになったか、今でもまだ知らないなんてことないよな？」

「え？　どうして、って……クビになったからでしょ？」

そう答えると、カイは「げっ」とひどく驚いた様子で後ずさった。

「おまえ、そんな大事なことをなんでちゃんと確認しないんだよ。バカ」

「バカって……ど、どうしてっ？」

「いくら何でもおまえがそこまでとは――あの時はどうせすぐに誰かから聞くと思ったから、つい否定せずにからかっちまっただけなのに……マジかよ」

カイが頭を抱える。いつもの呆れ顔ではなく、狼狽《ろうばい》し、後悔しているような様子だった。

「俺らナディ・リーダーは、結婚する時に生涯でただ一度だけ、長老から自分のアガスティアの葉を読んでもらえることは、知ってるだろ？」

いきなり何の話だろうと思いながらも、アスラはうなずいた。

「俺が親父から聞いた話だと、叔父さん、つまりおまえの父さんの葉に書かれてたらしいぜ。やがて生まれてくる叔父さんの長男は、跡継ぎにはならないだろうって。その代わり、将来インドが戦乱に陥りそうになった時に、その危機を救う重要な役割を果たす人物になるだろうって」

「……それって、誰の話？」

「おまえに決まってんだろ。要するに、おまえは跡継ぎをクビになったわけじゃない。もっと他に大切な役目があることを知っていたから、叔父さんたちはこの国に来ることを許可したんだよ。おまえがその特別な外見と、俺らがどんなに努力しても手に入らない特別な能力を持って生まれてきたのもそのためだって、一族のみんなは初めからちゃんと分かってたんだ」

「そ、そうだったの――？」

初めて耳にする事実に、長い間心の奥につかえていたものが消え、心が羽が生えたように軽くなっていく。それは、自分が跡継ぎ失格という烙印を押されたわけではなかったことに安堵したから、というだけではない。こんな自分でも、まだシャリアのために役に立てるかもしれない。そう思ったからだった。

もしカイの話が本当なら、シャリアを支え、この国を建て直すことが戦乱を回避することにつながるのではないだろうか——そんな希望が湧いてくる。

それから、カイを見送るために一緒に中庭へ出た。

「今日はわざわざ会いに来てくれて、どうもありがとう。それに今までのことも、本当に感謝してる。僕、頑張るよ。いつか、今度は僕が訪ねていくから、カイも新しいところで元気で頑張ってね」

ありったけの感謝と惜別《せきべつ》の思いを込めて、ぎゅっと抱きつく。カイも力いっぱい抱きしめ返してくれた。

初めての抱擁を長い間交わした後、アスラは旅立って行くカイの後ろ姿が消えるまで、門の下に立っていつまでもずっと手を振り続けた。

今、アスラの胸は未来への期待で満たされていた。

「よしっ」

決意も新たに踵を返す。部屋に戻り、体中にみなぎるやる気に胸を高鳴らせていたら、サイラが入ってきた。

「アスラ様、皇帝がお呼びだそうです」

「皇帝が？」

いた。

（——何だろう？）

首を傾げながら執務室へ向かうと、シャリアが窓辺の椅子に腰掛けて中庭を見下ろしていた。

深く一礼したアスラに、鋭い視線を投げつけてくる。

「……誰だったんだ？」

「え？　何がですか？」

「客だよ。誰かおまえを訪ねてきていたんだろう」

「ああ……、小さい頃から僕の兄代わりをしてくれていた、従兄のカイです。北西の国のナディ・リーダーに赴任する旅の途中で、わざわざ立ち寄ってくれたんです」

「それにしてはずい分熱烈な別れだったな」

「見てらしたんですか？」

びっくりして訊き返す。

再会の余韻《よいん》に浸っていたアスラは、シャリアがいつも以上の仏頂面をしていることに気付きもせず、笑顔で声を弾ませた。

「僕、カイには昔から迷惑ばかりかけていたので、ずっと嫌われていると思ってたんです。でもそうじゃなかったって初めて知って、今、すごく嬉しいんです。僕のこと、一番の子分で本当の弟のように思ってくれてたそうです。会いに寄ってくれたのも、僕がちゃんと元気でやってるか心配だったからだって言ってました。僕も里のことが気になってたので、みんなの様子を聞くことができて安心しました」

「――で？　里に帰りたくなったのか？」

いきなり詰問調で問われて、アスラは戸惑う。

「それはもちろん……できればまたみんなに会いたいと思いますし」

「そういえばおまえは嫌々ここに来たんだったよな」

「別に嫌々ではありませんよ？」

ようやくアスラは、シャリアの機嫌が悪いことに気付いた。

でもなぜだろう。またうっかり怒らせるようなことを言ってしまっただろうか？

突然、ガタンと大きな音が響いた。立ち上がったシャリアが、アスラを睨んでいる。次いで、棘のある口調で言い放った。

「だが、あきらめるんだな。おまえを里には帰さない」

「えっ、ほ……本当ですか⁉」

ぴょんと飛び上がって、「よかったぁ……」と満面の笑みを浮かべたアスラを、シャリアが訝しげに見る。

「――なぜそこで『よかった』になるんだ？」

「だって僕、てっきりクビになって里に帰されるんじゃないかって、ビクビクしてたんです。だから『よかった』です。皇帝が僕を必要として下さっていることが分かって」

「……誰が、いつ、そんなことを言った？」

「だって『里に帰さない』ってことは『ずっとここにいろ』ということですよね？　そこまで言って下さって本当に嬉しいです。僕、必ず皇帝のお力になれるよう何でもしますから」

シャリアがハーッと盛大なため息をついて、頭が痛いとばかりにこめかみを押さえる。

「もういい。下がれ」

命令通り大人しく出て行こうとしたアスラを、けれど背後から鋭い声が「待て」と呼び止めてきた。

「――そこまで言うなら、おまえに仕事をやる」

「えっ、ではアガスティアの葉を読ませていただけるのですか⁉」

しかしそれに関しては即座に「その必要はない」と却下《きゃっか》されてしまう。一転してシュンと肩を落としたアスラにシャリアが告げたのは、予想外の言葉だった。

「明日からおまえに俺の側仕えを命じる」

「『側仕え』？　で、ですが……」

「四の五の言わず、言うことに従え。俺のために何でもすると言っただろう」

「わ、分かりましたっ」

勢いよく返事はしたものの、思いもよらない展開に茫然としてしまう。

ようやくシャリアが仕事をくれた。それも、すぐそばでお仕えできるような。

（まさか夢――なんかじゃないよね？）

混乱しながら部屋に戻ると、ソラがアスラの帰りを待っていた。まるで自分の部屋のようにすっかりくつろいで、寝具の上でお昼寝をしている。

近寄って、頭をなでる。

「ねえ、ソラ。『側仕え』ってどんな仕事だと思う？　サイラのような役目かな？　だけど僕がシャリアの側仕えで、サイラが僕のお付きとなると、サイラはいったいシャリアの何ってことに……？」

目をつむって気持ちよさそうにしているソラにぶつぶつと話しかけているうちに、いつのまにか思考が脱線してしまう。それほどまでにアスラは混乱し、命じられた新たな仕事のことで頭がいっぱいになってしまっていた。

・10・

通常、皇帝直属のナディ・リーダーの仕事というものは、朝一番に沐浴《もくよく》をして体を清めた皇帝に、その日一日分の葉を読むことから始まる。その後皇帝の公務に立ち会い、国政に関するさまざまなこと――たとえば文武高官や各省の長官からの報告や懸案《けあん》事項についていてもアガスティアの葉を読み、皇帝の判断に助言を行う。

だが傀儡の皇帝であるシャリアには、判断を求められるような公務はない。またアスラにいたってはシャリアの葉を読むこと自体拒絶されていたから、仕事そのものがない状態だった。

ちょこんと部屋の隅に置かれた椅子に座ったアスラの前で、シャリアはいつものように書類に判を――押さずに、突然立ち上がる。そしてよく通る声で、首席大臣に指示した。

「至急、農務省長官と各言語の書記官をここへ呼ぶように」

いったい何が始まるのだろう。アスラが目を大きく見開いて見守っていると、シャリアはまずやってきたペルシャ語、ベンガル語、タミル語、カナラ語、テルグ語の各書記官へと命じた。

「今後、俺が下す命令の内容を各言語で文書化し、正式な記録として保存するように」

次いで、慌てて現れた農務大臣に、農業政策の展望を問い質す。目の前にひざまずき、大量の汗をかいてしどろもどろになっている相手を鋭いまなざしで切り捨てて、シャリアは決然と言い放った。

「では、早急に大規模な灌漑工事に取りかかれるよう、速やかに手配するように」

「か、灌漑工事……ですか？　いったいどういうことでございましょう？」

「わが国伝統の養蚕《ようさん》業を復活させるためだ。加えて灌漑工事には人足《にんそく》が必要となり、その分の雇用も生まれるから、国にとっては一石二鳥だろう」

「で、ですが、工事の費用や労働者への給金はどうするおつもりですか？」

「宝物庫にある宝石類を売ればいい。ゆうに百年分以上はある」

「王家の財産を国民のために使われるということですか？」

たまりかねて横から口をはさんできた首席大臣を、シャリアが一蹴《いっしゅう》する。

「俺には宝石も美術品も必要ない。どうせ眠らせておくだけのものだ。――灌漑で増えた桑畑は農民たちに無料で貸し与えることにするから、各地域ごとに人数と予定面積のリストを作成する準備をしておくよう、各地方官に伝達しておけ。それから、上質な繭を作るというジョゼリア・ディアス島で飼われている蚕と桑の苗を買い入れること。それらの飼育に熟練した者も数人呼び寄せろ。彼らを農民たちの指導にあたらせることができるよう、早急に段取りをしておくように」

「はぁぁぁぁ――……」

あまりにも鮮やかな手際に、感嘆が大きな声となって出てしまう。

てきぱきと指示を与える姿は、これまでとはまるで別人のように颯爽としていて凛々しく、アスラは目を奪われずにはいられなかった。

（シャリアってなんてすごいんだろう……）

もしかしたら以前アスラが伝えたサイラの農業改革案を、覚えていてくれたのかもしれない……そう思うと、余計に嬉しくなった。

だけど、サイラの案はここまで詳細でも具体的でもなかった。ということはシャリア自身が考えたことなのだろうけれど、いったいいつの間に？　これだけのことを、短い間に考えられるものだろうか？

何かが確実に変わり始めている――そんな予感で、胸がドキドキと高鳴っていた。


午前の仕事が終わるやいなや、アスラはまっしぐらにサイラに会いに戻った。部屋に飛び込み「サイラ？　どこにいるの？」と呼ぶと、続き部屋からサイラが姿を現した。

たった今目にした出来事をサイラに弾んだ声で報告しながら、うっとりとした視線を空《くう》にさまよわせる。

「サイラにも見せてあげたかったなー。まるで別人だったんだよ。その時の皇帝ってば、すごくカッコよくてさ……」

「――ダメですよ」

すかさず釘を刺されて、「何が？」ときょとんとする。

手にしていた衣類を棚にしまいながら、サイラが怖い顔で振り返ってきた。

「最初に、あの方は誰にでも見境なく手を出す不届き者だと申し上げておいたでしょう。まあ、最近はどういう風の吹き回しかめっきり大人しくなっておられるようですが」

「え？　ど、どういう意味？」

まったく理解できていないアスラに、サイラが短いため息をつく。

「ですから、外見や甘い言葉に騙されてはいけないということです」

「だから、何がダメなわけ？」

「初めからそういう方だと心に留めておく必要があるのです。そもそもアスラ様が相手になさる価値など、微塵《みじん》もない方ですから」

「微塵もない、って……」

「うっかり気を許そうものなら、傷付くのはアスラ様なのですよ」

「気を許すとか傷付くとか、いったい何の話だよ？」

なぜかサイラは、シャリアのこととなるといつも奥歯にものがはさまったような言い方をする。いや、謎かけのような、と言うべきか。それがもどかしくて、アスラは唇を尖らせた。それに。

「以前から気になってたんだけど、サイラって皇帝に対して厳しすぎない？　もしかして皇帝のことが嫌いなの？」

「――とにかく、私はあなたのことを心配して申し上げているのです」

いったい何のことを言っているのか、相変わらずさっぱり分からないままだったけれど、サイラの最後の言葉が胸にじんと染みる。

「ありがとう。僕のこと、そんなに心配してくれて」

笑顔で礼を言うと、サイラは納得いかなそうな表情で黙り込んでしまった。

午後からは、頼み込んで傍らで書類の整理を手伝わせてもらいながら、精力的に仕事を進めていくシャリアの様子を見守った。

そして日没後、「では今日はこれで失礼いたします」と頭を下げて退室しようとしたら、シャリアから呼び止められた。

「どこへ行く気だ？」

「今日のご公務は終わられたようですので、部屋に下がらせていただこうと思いまして」

「おまえの仕事が終わったと、誰が言った？　俺がいいと言うまで勝手に離れるな」

まずシャリアが命じてきたのは、夕食をともにすることだった。

がらんとした広い食堂で、おそらくかつては大勢で囲んでいたであろう大きなテーブルに二人きりで向かい合って座る。並べられた料理は、部屋の豪華さとは裏腹にごくごく質素なものだ。

（国民たちの窮状をよそに、シャリアだけが贅沢をしてるわけじゃなかったんだ……）

だがたとえどんなものであっても、大人数で食べる食事なら楽しいことを、アスラは知っている。故郷ではいつも一族みんなで、わいわいと食卓を囲んでいたから。

アスラが当たり前のように温かい毎日を過ごしていた間、シャリアはずっと一人ぼっちで食事をしていたのだろうか。

この国に来てからのシャリアの孤独を垣間《かいま》見た気がして、アスラは少し悲しくなった。

夕食が終わると、今度は寝所へ来るように言いつけられた。

いったん部屋に戻って手足を清め、言われた通り一時間後に訪れると、シャリアはすでに寝台に片肘をついて横たわっていた。

「そこの長いすに座って、扇《あお》げ」

命じられるままに、そばにあった孔雀《くじゃく》の羽でできた扇《おうぎ》を手に取る。すでに乾期に入っているとはいえ、風のない夜はまだまだ暑い。

「今日はさぞかしお疲れになったのではないですか？」

今日一日のシャリアの働きぶりへの感謝とねぎらいの気持ちを込めて、アスラは一生懸命扇いだ。

「本当に素晴らしかったです。僕、感動しました。みなさんにてきぱきと指示を伝えられる姿はとても頼もしくて、思わず見とれてしまったくらいです。本当にありがとうございました」

「——おまえに礼を言われる筋合いはない」

「僕、知りませんでした。皇帝がこんなにも民のことを考えていて下さったなんて。この前はどうでもいいなんて言ってましたけど、本当はそうじゃなかったんですね。これほどいろいろなことを考えて下さったくらいですから」

「おまえのあまりのしつこさにうんざりしただけだよ。毎回毎回ああだこうだと言われるのは、もうたくさんだからな」

アスラの心からの讃辞《さんじ》も、シャリアは受け入れてはくれない。感謝の気持ちを伝えようとしても、不本意とばかりに返してくる。むしろ、どこか居心地悪そうに。

「特に農業改革に関する皇帝の政策は、素晴らしいと思いました。灌漑のことはサイラも言ってましたけど、新しくできた畑を無償で農民に貸し出すとか、良質の蚕をわざわざ取り寄せるなんて、さすがです。僕、嬉しくて胸がじーんと熱くなりました」

腑に落ちない色を帯びた目で、シャリアがじろりとアスラを見る。

「――サイラ？」

「言ってませんでしたっけ？　この前僕が皇帝に感慨についてお話ししたじゃないですか。あれって、もともとはサイラが考えてくれたことなんですよ」

「あいつが？」

「はい。僕はいくら考えても全然いい考えが浮かばなかったんですけど、見かねたサイラがアドバイスしてくれたんです。サイラってすごいんですよー。何でも知ってて頭が良くて。この国に来てから、僕、いろんなことをサイラから教えてもらいました」

シャリアが徐《おもむろ》に上体を起こした。だが顔は上げず、何かを考え込んでいる。

「それにいつも冷静だし、綺麗で優しいし。サイラが僕のお付きで本当によかったです」

ようやく顔を上げたシャリアが、ぶっきらぼうに命じた。

「あいつの話はいいから、もっと強く扇げ」

（あれ？　また急に怒った？）

話に夢中になりすぎて、手が疎《おろそ》かになっていただろうか。

（――そうだ）

思い付いて、「失礼します」と立ち上がる。シャリアのいる寝台へと移動すると、アスラは「こちらにどうぞ」と呼びかけた。

シャリアがちらりとだけ視線を寄こして、まだ機嫌が悪いままの声で言う。

「……あんな色気のない添い寝なら、お断りだ」

「違いますよ。よろしければここに」

アスラが自分の膝をポンポンと叩くと、シャリアは怪訝そうに眉を上げた。

「……何の真似だ？」

「膝枕です。こんなに暑い時はお顔を近くで扇がせていただくのが、一番効果があるんですよ。それに不眠症にもきっと効果があると思いますし」

唇を真一文字に引き結んで、シャリアが表情を強ばらせる。

「さあどうぞ、早くなさって下さい」

　重ねて促され、シャリアはようやく起き上がった。アスラの隣に気乗りしない様子で移動してきて、体を横たえる。そして不本意だと言わんばかりのぎこちない動きで、アスラの膝へと頭をのせた。

　ターバンの巻かれていない長い髪が、さらりと腿《もも》の上を流れる。ゆるやかに波打つ、つややかな黒髪。ほのかにいい香りがして、誘われるようについ指先で触れた時だった。

「……こういうことも慣れているのか」

　不意に訊かれて、ビクッとする。慌てて手を引っ込めながら「あっ…、はい」とうなずいたものの、アスラはひどく動揺していた。

（なぜシャリアの髪に触ったりなんか――）

　無意識とはいえ、自分のしてしまったことに驚く。シャリアに気付かれただろうかと考えると、顔が火照ってきた。

「どうしても、って頼まれた時だけですけど」

　答えながら、熱くなった頬を手のひらで押さえる。

「――あのカイってやつにか？」

「ち、違いますよ。カイだったら、きっと逆に『ふざけんな』って怒ると思います。これも小さい子たちに、です。暑いと寝苦しいみたいだから」

こうしてあげると、どんなにむずかっていてもみんなすぐに寝入ってしまう。子どもたちが立てる寝息を聞きながら、繰り返しシャリアのことを考えていた夜を思い出す。

あの頃は、まさかシャリアとこんな風に一緒にいられる日が来るなんて、思いもしなかった。ナディ・リーダーとしてはまだ認めてもらえていないけれど、できることは他にもあるはずだ。皇帝としての役割に向き合い始めたシャリアのために、ほんの少しでも力になれることが。

「本当に僕、何でもしますから」

たとえば不眠症を治す手伝いとか、食事の時に二度と寂しい思いをさせないとか。

そこまで考えて、アスラは表情を曇らせた。

(だけどそういうことなら僕じゃなくてもできるから……もしシャリアがお妃様《きさき》を迎えたら、僕なんか不要になってしまうのでは?)

たちまち、不安がこみ上げてくる。

そうなっても、どういう形でもいいからシャリアのそばに置いてはくれないだろうか。

(何の仕事でもいいから、シャリアの近くにいることを許してもらえるといいな……)

そこまで考えて、ふと思い出した。

「あ、だけど縁談は全部断っておられるんだっけ」

「何の話だ」

独り言を聞き咎《とが》められて、焦ってしまう。どうもアスラには心の中で思ったことを言葉にしてしまう癖があるらしい。

「い、いえ、ただ皇帝はどうして結婚なさらないのかな、と……。よい縁談はたくさんきているのでしょう？　今までに何人くらいの方とお話があったのですか？」

「さあ。三十人を越えてからは数えてない」

「そ、そんなに⁉」

「ウマル・ワリが勝手に持ってくるだけだ。外国にも相当顔が広いらしいからな」

「きっと皇帝に早くお世継ぎを作っていただいて、安心したいのですね」

「――確かに、そういう言い方もあるだろうな」

何だか他人《ひと》ごとのような言い方だな、と思った。しかも、どこか含みのある。

「ですが三十人以上もおられたら、一人くらいはよい方もいらっしゃったのでは？」

「いない」

「え⁉　お一人も？」

「一人残らず、全員」

「まさか……ではお訊きしますが、皇帝はいったいどのような方がよろしいのですか？」

シャリアがゆっくりと目を閉じる。

黒くてきりりとした眉。切れ長の目は瞑っていてもそれと分かるほどで、目尻は鋭く切れ上がっている。濃い褐色の肌は陶器のようになめらかで、男らしい面長の輪郭といい、鼻筋の通った高い鼻梁《びりょう》といい、血色の良い大きめのつややかな唇といい、すべての造形が完璧に整っている。

女性ならみんな、この人を好きになってしまうんだろうな……と、相手が目を閉じているのをいいことにじっと見つめていたら、突然唇が動き始めてびっくりする。

「……瞳がきれいで、表情が豊かで、単純だから何を考えているかがすぐに分かって、何事にも一生懸命なくせに抜けてて、早とちりな上に鈍くて、超がつくくらい能天気なやつ」

アスラは思わず、目をぱちくりさせた。

「ず、ずい分変わったご趣味なんですね」

思ったままを口にしたのがいけなかったのだろうか。シャリアはムスっと黙り込んでしまった。

「それにしてもずい分具体的なんですね。あ、もしかしてすでに心に決められた方がいらっしゃるとか？」

「――ああ、そうだ」

「へぇ、そうなんですね……、えっ？　えええっ……」

思いもよらず肯定されて、アスラは動揺を抑えることができなかった。

「で、でも、でしたら、どうしてその姫君とご結婚なさらないのですか？」

「どうしてもこうしても、無理だからだよ」

「無理？　なぜですか？」

「そもそも姫君じゃない。それに」

くっきりとした曲線を描く二重の瞼が、ゆっくりと開く。漆黒よりもまだ深い黒色の瞳が、至近距離から真っすぐにアスラを見上げてきた。

強烈な引力を放つまなざしに貫かれて、アスラの心臓が飛び跳ねる。

「大切なんだよ。俺なんかが手を出していい相手じゃない。俺が触れたら、これまでの何もかもを壊してしまいそうだから」

かすれた声を絞り出して苦しそうに言うと、シャリアは「もう寝る」と再び目を閉じた。

そしていきなり命令してくる。

「何かしゃべれ」

「で、ですが、お休みになるのでしたらお邪魔では？」

「おまえの話を聞いていると眠くなるから、ちょうどいいんだよ」

「えっ、ぼ、僕の話って、そんなに退屈なんでしょうか⁉」

青ざめたアスラに、シャリアがとどめを刺す。

「ああ、退屈な上にオチもないしな。けど声を聞いていると……なぜか落ち着くんだよ」

しばらくして、シャリアの寝息が聞こえてきた。不眠症の割にあっという間なのは、いろいろなことがあった一日だったから、いつもより疲れたのかもしれない。

規則正しい寝息を聞きながら、先ほどの会話を思い出す。

（そっか……、シャリアには心に決めた女性《ひと》がちゃんといたんだ……）

いったいどんな女性なのだろう。シャリアが何の迷いもなく『大切』だと言い切るほどの相手。――姫君じゃないと言っていたが、ひょっとして身分違いの、許されない恋でもしているのだろうか。

瞬間、胸にかすかな違和感を覚える。痛み、とまではいかないけれど、まるで心臓に小さな棘が刺さったような。

「何だろう、これ……？」

シャリアが叶わない恋をしているという事実と、初めて経験する胸の違和感。それらが心に重くのしかかって、アスラはいつまでも寝付くことができないまま、一人で長い夜を見つめていた。

・11・

シャリアの隣で一番鶏の鳴き声を聞き、東の空が明るくなり始めるのを待って、アスラは自分の部屋に戻ってきた。

今も、胸にはツキンとした痛みが残っている。いつまでも抜けない棘のような。

（いったいどうしちゃったんだろう……？）

あれこれ考えを巡らせていると、

「アスラ、アスラー」

と外から呼ぶ声が聞こえてきた。窓を大きく開けて、ソラを呼び入れる。

「やあソラ。しばらく見ないから、心配してたんだよ。元気そうでよかった」

ソラは不思議と、いつもアスラに何かあった時に現れる。今もちょうどぐるぐるしている最中だったから、

「実はさ――」

と昨夜の出来事を打ち明けた。

シャリアが急に公務に取り組むようになって嬉しかったことから、夜は寝所で彼が眠るまで一緒に過ごしたこと。そして誰とも結婚しないのは心に決めた相手がいるからで、叶わない想いに一人で耐えていることまで――。

「それ以来、何だかおかしいんだ。何か胸が痛いっていうか、見えない棘が刺さってる感じ？　これって何だと思う？」

「好キ」

「えっ、『好き』って？」

「ぼ、僕が？　シャリアを？」

「好キ。アスラ、好キ」

返ってきたのがあまりにも突拍子もない言葉だったから、呆れて笑い飛ばしてしまう。

「な、何言ってんの？　だいたい男同士なのに――そんなわけないじゃん。ビックリさせるなよな。ハハハ…ハハハハハハ……」

「いったいどうされたのですか。一人で不気味な笑い方をなさって」

振り向くと、サイラがまさに不気味なものを見るような目つきで立っていた。

「あ、サイラ。今、ちょうどソラと話してたんだ」

そういえばサイラがソラと会うのはこれが初めてだったから、はりきって紹介する。

「じゃーん。これがソラだよ。いつも僕を励ましてくれるという、噂の」

「へぇ……実在したとは、驚きました」

サイラは半信半疑というより八割方は疑っている目で、ソラを見つめている。一方のソラはというと、サイラにまじまじと見られている間ずっと、まるで自分はいたって普通の鳥ですと言わんばかりの顔でつーんとすましていた。

「ですが、聞いていたようなおしゃべりはしないようですが？」

「そんなことないよ。ついさっきまでしゃべってたのに……おかしいな。ね、ソラ。サイラに何か話してみて」

だがソラは押し黙ったまま一言も発してくれなかったので、結局疑いは晴らせなかった。

手にしていた水差しを空にしたサイラが、洗面台の前で振り返る。

「顔色がすぐれないようですが、具合でも悪いのですか？」

「ううん。ただの寝不足だから、大丈夫」

眠れなかったのは、シャリアの言った言葉が頭を離れなくて、何度も繰り返し考えていたからだ。そのたびに胸にあの痛みを覚えてしまうのは、シャリアのつらさをアスラもまたつらいと思ってしまうからだろうか。でもそれだけではない気がして、だからといって何なのかは分からなくて――。

サイラがいることも忘れてぼんやりと考え込むアスラに、サイラがためらいがちに切り出してきた。

「あの……もしもの話ですが、万が一皇帝に無理強《むりじ》いされているのでしたら――」

アスラは我に返り、きょとんと首を傾げた。

「無理強い？　何を？」

「その……、夜に、です」

「夜に？　何を？」

「ですから、寝所で……」

「ああ、」

ようやく『夜のおつとめ』のことを言っているのだと気付き、アスラは大きくうなずいた。

「別に、全然無理強いなんかじゃないよ。僕が好きでやってることだから」

サイラが口をぱくぱくさせる。明らかに何か言いたげたったが結局何も言わず、サイラはあきらめたように唇を結んだ。

「いったい何？　何か言いたいことがあるなら――」

アスラが言いかけた瞬間、ドアをノックする音が響いた。

サイラがドアを開けると、立っていたのは首席大臣だった。

とたんソラがギャーギャーと騒ぎ始める。そのまま激しく羽ばたくと、逃げるように窓から飛び出していってしまった。

「何なのだ、あれは」

憮然《ぶぜん》と窓の方を見ている首席大臣に黙って頭を下げ、サイラも退室する。

アスラが首席大臣の訪問を受けるのは、これで二度目だった。今回はいったい何の用なのだろう。

「実は、ちょっとお訊ねしたいことがございまして」

首席大臣は恭《うやうや》しく一礼するなり、話を切り出した。

「昨日は皇帝が珍しく熱心にご公務に臨まれたようですが、いったいどういうお気持ちの変化があったのでしょう。アスラ様はご存知ではありませんか？」

言われてみれば、アスラから公務に取り組んで欲しいと何度もお願いはしたものの、毎回とりつく島もないほどきっぱりと却下してばかりだったシャリアがなぜ急に考えを変えたのか……むしろアスラの方が知りたいくらいだった。

『おまえのしつこさにうんざりして』とは言われたけれど、まさかそれが本当の理由だとは思えない。だから正直に、「いいえ、僕には分かりません」と首を横に振ったのに、首席大臣は食い下がってきた。

「アスラ様はこのところ皇帝のおそばにいらっしゃるそうですな。どんな些細《ささい》なことでも構いませんので、思い当たることがあれば教えていただけませんか？」

「本当に、特別なことは何も聞いていないんです」

「皇帝が今後も国政に取り組んでいかれるおつもりかどうかも？」

「はい。そういうことは一切何も」

「そうですか……」

首席大臣は肩を落とし、「分かりました」と指で細い髭をぴんと弾いた。

「私は昨日の皇帝のご命令に深い感銘を受け、早速ご指示に従って八方に手を打たせていただきました。家臣たるもの、皇帝のご意志をいち早く実現できるよう、前もってお考えを知っておきたいのです。ですからもし何かお分かりになりましたら、真っ先に私に知らせていただけませんか？　せっかく皇帝がやる気になって下さったのですから、私どもの方でも全力でお支えしていきたいのです」

そう言い残して、首席大臣は部屋を後にした。

昨日のシャリアの発言が、早速大きな変化へとつながりつつある——そのことを心底よかった、と思う。だが反面、アスラの心はざわついていた。

「いったいどうしちゃったんだろう。昨日の夜から、僕、何か変だ……」

自分で自分のことがこんなにも分からないなんて、初めてのことだった。

アスラのあずかり知らないところで何かが動き始めている——そんな漠然とした不安が胸を覆っていた。


その日の夜、シャリアは夕食の席に姿を現さなかった。

（何かあったのだろうか？　ハッ、まさか急に体調が悪くなったとか？）

公務中は特に変わった様子もなかっただけに心配になって、アスラは食事もそこそこにシャリアの寝所へと足を向けた。

部屋の前に立ってノックしようとした時、ちょうど中からドアが開き、出てきた人と勢いよくぶつかってしまう。

「も、申し訳ありません」

慌てて謝った相手は、けれど予想に反してシャリアではなかった。

アスラと同じくらいの背格好で、黒い外套《マント》で体を覆い隠している。オードニと呼ばれるショールをかぶっていたから、女性だということはすぐに分かった。

（シャ、シャリアの部屋に女の人が……っ）

口元はオードニで隠れていたけれど、大きな黒い瞳は快活そうに輝き、わずかにのぞいている褐色の肌は健康そうで、とても愛らしい顔立ちをしている。

（ひょっとしてシャリアの恋人か……え、縁談相手⁉）

シャリアの部屋に、女性がいた。その事実に動揺せずにはいられなくて、

「お、お邪魔して申し訳ありません。僕は出直してまいりますので……っ」

と踵を返したアスラを、意外な声が呼び止めてきた。

「もしかしてきみ……アスラくん？」

「……え？」

それは明らかに男の声だった。しかも、相手は何故かアスラを知っている。驚いて、アスラはパッと弾かれたように振り向いた。

「やっぱり。すぐに分かったよ」

アスラより五歳くらい年上の『青年』が、口元のオードニをほどく。そしてまるっきり状況が理解できず顔を強ばらせているアスラへと、にっこりと花のような笑顔を向けた。

「もう帰るところだから、気にしないで。どうしても一目会いたくて来ただけだから」

（『一日会いたくて』って……どういう意味？）

「い、いいえ、僕も特に急ぎの用があるわけではありませんから……っ」

再びくるりと回れ右をして立ち去ろうとしたアスラに、青年がもう一度声をかけてくる。

「だったら少しの間シャリアをそっとしておいてあげてくれないかな。きっと今は一人になりたいはずだから」

それがどういう意味なのか考える前に、アスラの頭の中は別のことでいっぱいになった。

（今、『シャリア』って、呼んだ……？）

ぎくしゃくと振り返ったアスラに向かって、青年はスッと唇に人差し指を当ててきた。

「オレとここで会ったこと、他の人には内緒にしててくれる？」

秘密の共有を依頼して、青年があらためてオードニで顔を隠す。外套を翻してあっという間に闇の中へと消えていった背中を、アスラは瞬きも忘れて見送った。

（『一人になりたいはず』って――何かあったのだろうか？　それに今の人は、いったい誰？　『シャリア』と親しそうに呼んでたけど……どういう関係？）

さまざまな疑問が、頭の中をぐるぐると駆け巡る。

よろめきながら自分の部屋に戻る途中で、ばったりサイラと出くわした。

「今夜はお戻りなのですか？　珍しいですね」

「あ、うん……皇帝はすこしお疲れのようだから」

アスラの憂《う》かない顔を見るなり、サイラがさらりと言い当てる。

「どなたか部屋にいらっしゃったのでしょう」

「どっ、どうして知ってるの!?」

それには答えず、サイラが「部屋にお入り下さい」とドアを開ける。

「サイラは本当に何でも知ってるんだね」

サイラが燭台に火を灯すと、暗かった部屋が明るくなった。続いて風を通すために、窓とドアを開け放してくれる。

「心配ですか?」

唐突に訊かれて、アスラはきょとんと瞬いた。

「何が?」

「相手の方が男性でしたから」

「え、なぜ男の人だと心配なの?」

驚いたように目を見開いてから、サイラはゆっくりと呼吸を整えた。

「……つかぬことをお伺いしますが、アスラ様は毎晩皇帝の部屋で何をなさっているのですか?」

「え、添い寝だけど」

「添い寝――ですか? ただの?」

「サイラって時々変なこと言うよね。ただの添い寝じゃない添い寝なんてあるの？」

信じられないとでもいいたげに、サイラが額を手で押さえる。

「――これまで、皇帝が若い男性と一緒におられるところをご覧になったことはありませんか？」

それにはケンカも含まれるのだろうか、と一瞬考えて答える。

「二回だけ、あります」

「つまりそういうことです」

「そういうこと？」

「ですから、皇帝が手をお付けになるのは、いつも男性ということです。ちなみに相手が女性だったことは一度もありません」

「……えっ？　だ、だ、だんっ……!?」

同性愛については、ナディ・リーダーの修行中に勉強したマヌ法典やカーマ・スートラで知っていたので、慌てはしない。ただ、中庭で見かけた光景が思っていたのとまったく違っていたことが驚きだった。

「だっ、だけど皇帝にはご縁談がある、って――」

「それなら断ってばかりだと申し上げたでしょう」

――そういえばそうだった。ということは、それが理由で……？

「それと、先ほど部屋におられた青年は皇帝の乳兄弟《ちきょうだい》だそうです。あちらの国で一緒にお育ちになり、本当の弟のように可愛がっていらした」

「乳兄弟？　あっちの国で、って――」

そうか、だからあの青年はあんなに親しそうに『シャリア』と呼んだのだ。

「じゃあ、ここまでわざわざ会いに来てたってこと？　何のために？」

「そこまでは存じ上げません。が、何十日もかけて人目を忍んで会いに来られるほど、何か大切な用があったのでしょう。あるいは皇帝がお呼びになったか」

「皇帝が、お呼びに――？」

とっさに浮かんできたのは、さっきの青年が口にした『どうしても一目会いたくて』という台詞だった。それに綺麗な黒い瞳と、花のような微笑み。こんな遠くまで会いに来た一途さ。

続いてシャリアの言葉が浮かんでくる。

『姫君じゃない』、『これまでの何もかもを壊してしまいそうだから』。

ちょっと見た感じでは、あの夜シャリアが言っていた『理想の相手』のようなおかしな人ではなさそうだった。だからそうではないと思いたいのに、できなかった。

（そっか、シャリアの『心に決めた人』って、あの人か……。そうだよな……男同士じゃ結婚なんてできないし、本当の兄弟のように育ってきた相手だもの。いつまでも大切にしていたいに決まってる――）

いろんな相手と浮き名を流してきたのは、決してサイラが思っているような『遊び人』だからじゃない。本当に大切な人に、会いたくても会えない寂しさを紛らわすためだったに違いない。そしてさっきの青年がこんなところまではるばるやってきたのは、きっとシャリアが会いたいと望んだから。

突然、胸の中を冷たい風が吹き抜ける。刺さっていた棘が抜け落ちて、後にぽっかりと穴が開いてしまったようだった。

なぜこんな気持ちになるのだろうと考えて、ソラに言われたことを思い出した。

『アスラ、好キ』

（もしかしてこれって本当に、僕がシャリアのことを好きだから……？）

そうはっきりと言葉にして初めて、自分の想いの輪郭が明瞭になった。

（ソラが教えてくれた通りだったんだ……）

だとしたら、いったいいつからなんだろう？

――そんなこと、考えるまでもなかった。この気持ちが恋だというなら、あの川辺で初めて会った時からに決まっている。

（だけど、僕なんて最初から相手にもされていなかったんだ……）

初めて寝所に呼ばれた夜、シャリアは言っていた。

『本来ならおまえなんかお呼びじゃないが』

アスラは崩れ落ちるように椅子へと倒れ込んだ。

「……つまり、それだけあなたは皇帝にとって特別な存在だということです」

静かに声が落ちてきた方を、不思議な思いで見上げる。

「特別な、存在……？」

「だってあの手の早い人が――私には到底信じられません」

サイラが何を言っているのか分からない。いったんは上げた目線を再び落としたアスラへと、サイラがふわりと笑いかける。

「本来私のような者がお願いできる立場ではありませんが、よろしければ私にアガスティアの葉を読んでいただけませんか？」

どうして急にサイラの気が変わったのか分からなかったけれど、自分が役に立てる唯一の方法を求められたことが嬉しくて、パッと瞳を輝かせる。

「もちろん喜んでっ。サイラは大切な友だちだもの」

喜び勇んで、アスラはサイラの右手を取った。ようやく聞き取れるかどうかの小さな声で、サイラが呟く。

「もしかしたら皇帝にも、葉を読まれては困る理由があるのかも知れませんね」

「――え？」

どういう意味なのかと訊こうとした、その時だった。

「何をしているんだ」

振り向くと、開けっ放しのドアの向こうにシャリアが立っていた。胸の前で腕組みをし、憮然とした面持ちで、手を取り合っている二人を睨み付けている。

「いったいどうされたのですか？」

アスラの問いかけを完全に無視して数歩歩み寄ってきたシャリアは、サイラに挑発的な口調で投げつけた。

「――で？　知りたいことは分かったのか？」

「失礼ですが、何のことでしょう？」

あくまでも冷静に返したサイラとの間に、険悪な空気が流れる。ぴりぴりと痛いほどの緊張を終わらせたのは、サイラの方だった。

「私はお邪魔のようですので、失礼いたします」

頭を下げて出て行くサイラを見送ってから、アスラはシャリアに訊ねる。

「皇帝ご自身がこんなところまで……いったいどうされたのですか？」

「おまえが遅いから様子を見に来ただけだ。それより」

シャリアの表情がいっそう険しくなった。

「あいつには必要以上に近づくな」

強い調子で命令されて、きょとんと首を傾ける。

「どうしてですか？」

「あいつは信用できないからだよ」

「そんなことありませんよ。それにサイラは僕の大切な友だちですし」

舌打ちの音に、不機嫌な声が続いた。

「余計なことをしている暇があったら、さっさと部屋に来い」

なぜシャリアは怒っているのだろう。アスラには今度もまた理由がちっとも分からなかった。


部屋に入るなり、シャリアが命令してきた。

「昨日のアレをしろ」

「『アレ』？」

しばらく考えてようやく思い当たった。

「あ、はい。では——さ、どうぞ」

昨夜と同じように寝台の端に腰かけて、膝枕をする。シャリアの体温を薄い布一枚だけ隔てて感じ取った瞬間、もう昨日までとは同じでいられないことをアスラは悟った。

たとえ本来の仕事ができなくても、昨日まではそばにいられるだけで嬉しかった。なのに今はただひたすらに切ない。シャリアが本当に必要としているのは自分ではないと、分かってしまったからだろうか。胸に開いた穴を冷たい風が吹き抜ける。

不意に、シャリアの腕がアスラの腰へと回される。

「あ、あの、何を――」

思わずビクッと体を硬くしてしまったアスラの膝に、シャリアが顔をうずめる。

「何もしない。だから、しばらくこうさせていてくれ」

「は、はい……」

（いったいどうしたんだろう？）

包み込むように回された腕の力強さと温かさに動揺しながらも、アスラはシャリアの様子がいつもとは違うことに気付いた。

どこか悲しそうで、何かにじっと一人で耐えているかのような。

（きっと、あの青年のことを考えているんだろうな……）

大切な人と、短い時間しか会えなかったから。本当はもっと――ずっと一緒にいたいのに。いられるはずだったのに。

ズキン、と胸が剣を突き立てられたように鋭く痛む。

何もかもが初めてで、どうしたらいいのか分からなかった。とても苦しい。苦しくてたまらない。

アスラがシャリアに初めて会ったあの日から、八年。きっとそれより前からずっと、シャリアはあの青年のことを想い続けてきたのだろう。アスラがシャリアとの約束を支えに頑張ってきた同じ時間の分だけ、シャリアはあの青年と会えない寂しさに一人で耐えていたのだろうか。

そんなにも好きな相手がいるのに会うことすら叶わないシャリアに比べたら、思いがけず再会できた自分は幸せなのだということは、分かっていた。心の中で大切に想い続けてきた相手に、別の大切な相手がいることがつらいなんて、自分勝手だということも。

それでも、どうしても心が軋んでしまうのは避けられなかった。

アガスティアの葉を読むこともできず、何の役にも立てないのだから、せめてこんなふうにそばにいられることに感謝しなくては……。

そう、自らに言い聞かせる。

――それならば。代わりに、少しでもシャリアの力になりたい。自分にとって何よりも、誰よりも大切なシャリアが、今一番望んでいること。それは――。

膝の上で目を閉じている相手に、おそるおそる訊ねる。

「以前言っておられた大切な人と、もっと一緒にいることはできないのですか？」

「――どういう意味だ？」

「たとえばその方をここに呼び寄せられるとか」

「そうだな……。だが一緒にいたって、気持ちを伝えることができないなら同じだよ。むしろ苦しいだけだ」

「そんなこと……分からないじゃないですか」

「いや、俺には分かる」

「だ、だったら、思い切って……」

気持ちを伝えてみたらいいのに。そんな言葉をのみ込む。

わざわざこんな遠くまで会いに来たくらいだ。あの青年がシャリアのことをどう思っているかなんて、訊くまでもない気がした。

シャリアがぽつりと唇をほどく。

「どうしても言えないこともあるんだよ。思い出が綺麗すぎるからこそ、余計にな。ようやく会えた相手はあまりにも昔と変わっていなくて、俺にはまぶしすぎる。まあ、向こうは今の俺を見て幻滅しているだろうがな」

「まさかそんなことは――」

シャリアがつらそうなのは、自分のことをそんな風に思っているからなのか。

かける言葉を見つけられずにいるアスラを、どこか探るような黒い瞳が見上げてくる。

「おまえはどうなんだ？」

「何がですか？」

「ナディ・リーダーもいつかは結婚するんだろ？」

「僕たちには、アガスティア様の言葉を伝えていくために子孫を増やし、里を繁栄させていくという義務もありますから、里の人間同士で結婚することが多いみたいです。僕の両親の場合もですが、お互いの親が決めたりとか」

「じゃあ、おまえもいつかはそうやって誰かと一緒になるのか」

「僕ですか？　僕は……」

　自分が誰かと結婚するなんて、考えたこともなかった。そして今は考えることもできない。なぜなら、もう想う相手がいるからだ。幼い頃からずっと会いたいと願い続けてきた、大切な人。その相手とこうしてずっと一緒にいられるなら、それ以上は何も望まない。

　――だけど、もしこんな邪な気持ちを知られてしまったら、もうシャリアはそばに置いてくれないかもしれない。あるいは、いつかシャリアの想いが叶ってあの人と幸せになる姿を見なければならないとしたら。自分はそれでも一緒にいたいと思えるだろうか。平気な顔をしてそばにいられるだろうか。

『好きだからこそ、今の関係を壊してしまうのが怖くて言えない』『気持ちを伝えることができないなら、一緒にいてもつらいだけだ』――そう苦しそうに漏らしたシャリアの気持ちが、少しだけ分かる気がした。

　それきり互いに口を噤んだまま、しばらく沈黙が続いた。

やがて、まるでただふと思い付いただけのように、シャリアがその言葉を声にした。

「俺にも、アガスティアの葉を読んでくれ」

アスラは耳を疑った。

「えっ？　で、でも――」

「どうした？　あいつには読んでやるくせに、俺には無理だと言うのか」

あいつというのは、もしかしてサイラのことだろうか。

「そ、そうではありません。ただ信じられなくて――」

だって、あれだけ頑なに何度も何度も拒絶されていたのだ。

『インチキ』『信じていない』とまで言い切ったシャリアの心境が、なぜ急に変化したのか。

アスラには想像もつかなかったけれど、天にも昇る気持ちで頭を下げる。

「本当に、あっ、ありがとうございますっ」

ようやく自分本来の仕事ができること。それをシャリアが認めてくれたこと。何より
シャリアの役に立てることが嬉しくて、アスラは緊張で手が震えてしまいそうになるのを
どうにか抑え込んで、目の前の親指を見つめた。

忘れるはずがない。確かに記憶の中にある指紋。懐かしい感覚でいっぱいになる。

葉を探しに自室に行くと、シャリアの葉はあの時と同じように金色の光を放ってアスラ
を待っていた。まるで見つけて欲しいと言わんばかりに。

その葉を胸に抱きしめるようにして戻り、読み上げる。

「ようやく暗く長かった迷路の出口が近付いています。間もなくあなたの願いは叶うでしょう。そして――」

そこで、アスラは語尾を途切れさせた。

「どうした?」

「い、いいえ、何でも……何でもありません」

知らず、声が震えてしまう。動揺と混乱を抑えているだけで、精一杯だった。

「こ、今回分かるのは……ここまでです」

短くそれだけを伝えて、シャリアに悟られることのないよう、懸命に平静を取り繕う。

幸いにも、シャリアがそれ以上訊いてくることはなかった。

夜、こちらに背を向けているシャリアの隣に体を横たえ、けれどアスラは一睡もすることができなかった。シャリアに気付かれないよう、息を潜めて寝返りを打つ。大きな岩がずんと胸を押しつぶしているかのようだった。

思考が混乱し、同じ言葉がとめどなく頭の中でこだましている。

(きっと何かの間違いだ――。だから絶対に信じない。シャリアが、もうすぐ死んでしまうなんて)

・12・

次の日もシャリアは沐浴を終えると、きちんと正装に着替えて朝から公務に臨んだ。

　地方官たちを呼び、それぞれの地方から上がっている嘆願書を読み上げさせると、書記官たちの前でそれらに対する指示を次々に与えていく。今までシャリアに代わってこの役割を担っていた首席大臣や各省庁の長官や軍司令官たちも控えていて、シャリアの仕事ぶりを見守っていた。

　それらが終わり、皆が退室すると、シャリアはいきなりアスラに向かって「サイラを呼べ」と告げた。

　やってきて目の前にひざまずいたサイラに、シャリアが命じる。

「地方の農民たちからの嘆願の大部分は、税負担の重さに関するものだ。この問題をどうすれば解決できるか、もしおまえによい案があるというなら、ここで出してみろ」

　なぜサイラにそんなことを訊ねるのだろうか。それも挑戦的な、試すような口ぶりで。

　少しの間うつむいていたサイラが、きっぱりと顔を上げる。

「それでしたら、まずは封土制《シャギールダーリー》の廃止を」

　封土《シャギール》とは、かつてムガール帝国の時代に、国が恩賞として家臣に与えた土地のことだ。

　やがて乱発によって増えすぎた封土の管理に手を焼くようになると、徴税の手間を省くために、国は封土《シャギールダール》を得た者にその土地における徴税権と一般行政権を与えるという政策を打ち出した。だが時が経つにつれ、封土所有者たちは税の一部を自分の懐《ふところ》に入れることを覚え、土地を耕す小作人たちに不当な付加税を課すようになってしまった。

以来農民たちは、国に納める税と封土所有者に収める税との二重の徴税に苦しめられ続けてきた。つまり封土制による中間搾取《さくしゅ》者の出現が、農民の負担と困窮をいっそう増大させ、貧富の差をますますひどくすることとなったのだ。

加えて厄介なのは、有力な家臣たちの中にこの制度により恩恵を被《こうむ》っている者が多かったことだ。おかげで改善に乗り出そうとする者はこれまで誰も現れず、搾取者たちは長い間ぬくぬくと懐を肥やし続けてきた。

「……なるほど。さすがだな」

シャリアは唇に満足げな笑みを浮かべて、うなずいた。

サイラを下がらせた後、シャリアは再び大臣たちを呼びつけた。そして彼らに向かって、封土制を廃止し国による直接徴税を徹底すること、それに伴い封土所有者のほか地方領主《バリガー》や地主《デサイ》などの中間支配層も撤廃し、農民を自作自営の農家として自立させるための行政区画の再編成を含む土地制度の改革を進めること、自然の天候に左右されてしまう農業だけに頼らずに済むよう産業の振興を図ること、そのために官営の作業場を建て外国から職人を招いて養蚕業や絹織産業の発展を促すことなどに着手するよう、命令を下した。

「それから、宮殿の警備隊長に新しくガジ・カーン将軍を任命した。将軍はすでに北の国境を離れ、今日にも到着する予定だ」

ガジ・カーン将軍というのは、前皇帝の右腕として戦い、現在のヴァドラ帝国の礎《いしずえ》を築いた最大の功労者として尊敬を集めている人物らしい。前皇帝の死後は国境の守りを固めるためという名目で、遠く北方の要塞へ赴任させられていたのだが、それをシャリアの一存で呼び戻したということのようだ。

非の打ち所のない、あまりに鮮やかな仕事ぶりだった。

（やっぱりシャリアはすごい――）

何より、打ち出した政策のすべてが民の窮状を改善するためのものであること――それが嬉しくてたまらなかった。

（シャリアは本気でこの国の皇帝としての責務を果たしていく決意をしたんだ。あの時、川のほとりで約束したように）

――きっと自分の想いを伝えられることは、一生ない。それでも生涯シャリアに仕えていきたい。この国のために生きるシャリアの傍らでナディ・リーダーとして役に立てるなら、他には何も望まない。

そんな思いが、押しよせてくる波のようにアスラの胸を満たしていた。

午後、シャリアは将軍の出迎えの儀式などに出席するとのことで、アスラは自室待機を命じられた。

二月も下旬に入り暑期が近付いているとはいえ、まだまだ風は乾いていて気持ちがいい。

「アスラー、アスラー」と遊びにやって来たソラも、窓辺に止まって風にそよがれている。

「そうだ、今のうちにアガスティアの葉の虫干しをしておかなくちゃ」

アスラが持参した葉は、五歳の頃から毎日筆写してきたかけがえのないものだ。ナディ・リーダーにとっては命の次に大事と言っても過言ではなく、一生使い続けられるよう大切にしていくことも重要な仕事とされている。

アスラが箱から葉を取り出そうとしていたら、三度《みたび》首席大臣が訊ねてきた。

首席大臣の訪問はいつも突然だ。だから驚いたのだろうか、とたんソラはギャーギャーと騒ぎ出し、大慌てで中庭へと飛び立っていってしまった。

首席大臣がこの前以上の切羽《せっぱ》詰まった様子で、前置きもそこそこに話を切り出してくる。

「いったい皇帝が何をお考えか、あれから少しは分かりましたでしょうか？」

丁寧な言葉遣いの裏に、あからさまな焦りが滲み出していた。

「いえ、特には何も」

アスラが正直に返すも、首席大臣はなおも質問を重ねてくる。

「では私のことを何か言ってはおられませんでしたか？」

それについても何も知らないと答えると、大臣は鷲鼻《わしばな》の下から伸びる髭をぴんと指で弾いた。

「ですがアスラ様は皇帝と寝所を共にされるなど、ご寵愛《ちょうあい》を受けておられるとのこと。そのあなたに何もお話しにならないはずはありません。このところの皇帝は、私どもに何の相談もなく次々と勝手に政策をお決めになるなど、重臣たちを蔑《ないがし》ろにした言動が目立ちます。これはあまりといえばあまりな態度だとは思われませぬか？」

おかしな言い方だ。『自覚がない』とあれほど心配していたくらいだから、シャリアの変化は首席大臣にとって喜ばしいことのはずだ。なのに今の口ぶりは、まるでシャリアが仕事をする気になったのが不満だとでも言わんばかりだった。

再び、あの漠然とした不安が戻って来た。モヤモヤとした黒いものが胸に広がって、思わず強く反論してしまう。

「ですが皇帝がしようとなさっていることは、どれも国の将来を考えてのことだと思います。皇帝がせっかくご自分からやる気になられたのですから、応援していかれるのが筋ではないでしょうか？」

とたん、首席大臣は髭を撫でつけていた手をぴたりと止め、爬虫類《はちゅうるい》を思わせる目でじろりと睨みつけてきた。

「……なるほど。アスラ様のお考えはよく分かりました。ご意見、ありがたく頂戴いたしておきますぞ」

そう告げて踵を返す。

「ただ――皇帝がこのままの状態を続けられるのであれば、せっかくご無事だったもう一方の目にまで何かあるのではと、私は心配いたしておるのです。万が一そんなことにでもなれば、さすがに公務どころではなくなりますからな」

「え……っ？」

「そういう事態を招かぬためにもアスラ様が何をしなければならないのか、よくお考え下さいませ。それからここでの話を誰かに口外されたりはもちろん、皇帝のお耳に入れようなどと考えぬ方がよろしいでしょうな。あちらの国におられる皇帝の育てのご両親にも、いつどのような災難が降りかかるとも限りませぬゆえ」

振り向きざま、地面を這うような低い声でそう言い残して、首席大臣は去っていった。

（『もう一方の目にまで、何かあるのでは』……？　それに『シャリアの育てのご両親にも』って――）

その瞬間、シャリアからかつて聞いた話が頭に蘇った。

「もしかして前にシャリアが言っていた『政治には一切関わらず自分たちの好きなようにやらせろと考えている勢力』というのは、首席大臣のことじゃ……？」

（――まさか、そんな）

浮かんできた疑念を、すぐに打ち消そうとする。

でも、さっきの言葉は明らかに脅しだった。『アスラがしなければならないこと』とは、シャリアの気を変えさせ仕事をしないようにさせることだろう。

「でも首席大臣は前皇帝の片腕だった人物で、本来ならシャリアのよき支えとなって国のために働く立場のはずなのに――」

そしてもう一度ハッとする。

「もしかしてアガスティアの葉に書かれていたことも、首席大臣と関係が……？」

その時だった。

「アスラ、大丈夫。アスラ、大丈夫」

窓から、再びソラが入って来る。

「あ、ソラ、お帰り。戻って来たんだね」

ソラはアスラの肩に止まると、盛んに「アスラ、好キ。アスラ、元気」とおしゃべりを始めた。こうしているといつも通りのソラなのに、さっきはどうしたのだろう。

そういえば、と不意にあることに気付く。

「確か前に首席大臣が来た時もそうだったけど、ソラはあの人が嫌いなの……？」

「気ヲ付ケテ。アスラ、気ヲ付ケテ」

「やっぱりそうなんだ――？」

動物は本能的に危険を察知する能力があると聞く。アスラが首席大臣の指紋を読み取ることができなかったように、ソラも野性の勘で首席大臣が危険な人物であることを感じ取っているのだろうか。

けれどそれをシャリアに伝えるわけにはいかなかった。もしアスラがすべてをシャリアや他の誰かに話すようなことがあれば、その時はシャリアはおろか、彼の育ての親にも危害を及ぼす——そう首席大臣ははっきり口にしたのだ。

心配はそれだけではなかった。一番信頼しているはずの首席大臣が裏切り者だったことを知ったら、シャリアはどんなに悲しむだろうか。これまでの数々の不審な事件ですでに心に傷を負っているシャリアを、これ以上傷付けたくはない。

（こうなったら、自分で何とかするしかない。シャリアの命を救うために）

なぜなら運命というのは、今この時点で全部が決まってるわけではないからだ。アガスティアの葉が知っているのは人生の七十五パーセントだけで、残りの二十五パーセントは本人次第と言われている。つまり未来を変えられる可能性が二十五パーセントもあるのだから、このまま何もしないでただ見ていることなんて、できない。できるはずがなかった。

「アスラ、頑張レ。アスラ、応援シテル」

静かな決意がアスラの中に芽生える。初め種火《たねび》のようにちろちろと揺らいでいるだけだったそれはいつしか赤く大きな炎となって、アスラの心を燃え上がらせていた。

・13・

（黒幕が首席大臣なら、手下も大勢いるはずだ。間違いなく宮殿内にもだとしたら、どうすればシャリアを守ることができるのだろう。シャリアに、大臣が裏切り者だと知られることなく。

考えた末に思い付いたのは、新しく城の警備隊長に就いたというガジ・カーン将軍のことだった。国でもっとも尊敬されている人物であるにもかかわらず、長い間遠い北方の要塞に置かれていたのは、首席大臣たちにとって都合の悪い存在だったからではないだろうか。そうではないとしても、長期間首都から離れていた分、首席大臣たちと裏で繋がっているとは考えにくい。

着任早々面会に応じてくれたガジ・カーン将軍は、初老を過ぎた知的で上品な風貌《ふうぼう》の持ち主だった。だが白い眉の下の二つの瞳は鋭い光を放っていて、右頬の刀傷《かたなきず》とともに、数々の戦いをくぐり抜けてきたであろうことを雄弁に物語っていた。

この、知謀に長《た》けた老将は、

「あの、皇帝の警備の強化をお願いできませんでしょうか」

と単刀直入に言って頭を下げたアスラを見下ろし、訝しげに眉を顰めた。

「では、アスラ様は今のままでは不十分だとおっしゃりたいのでございましょうか？」

「いえ、決してそういうわけではないのですが……」

勇み足で失礼な言い方をしてしまったに気付き、慌てて言い直す。

「ただ皇帝があまりにも城内で自由にお過ごしなので、不安になったのです」

「それでしたら私が到着してすぐに確認いたしましたが、警備体制は現状のままで万全だと自信を持って申し上げられますが」

「でっ、では、皇帝の近衛兵をもっと増やしてはいただけませんでしょうか？　もし何かあっても対応できるように」

「近衛兵を？」

将軍は、廊下や窓の下に立っている、長い上着を着て帯刀《たいとう》した近衛兵たちを指さした。

「近衛兵たちはすでにかなりの人数が皇帝のまわりに配置され、二十四時間体制で目を光らせておりますが」

「ですが、もしその方たちの目の届かないところで何か起こったら……たとえばこの前だって、皇帝の行方が分からなくなったと皆さんで探していたくらいですし」

「そのようなご心配は不要です。近衛兵以外にも、皇帝をお守りする体制は十分整えておりますので」

「でも危難というものは予測できないところから突然やって来るものではないですか？」

「この宮殿において、外からの侵入など絶対に不可能です」

よほど自信があるのか、将軍は頑として聞き入れてくれない。確かに外からの侵入者や不審者に対しては万全かもしれないが、現実の敵は目の前にいるのだ。しかも側近の中に。そんな身近な相手からシャリアを守るにはどうしたらいいのか——ありのままを説明することのできない状況で、アスラは必死に食い下がった。

「だけど万が一ということも……」

「そのようなことは絶対あり得ません」

「あり得ない？」

「そうです」

「絶対に？」

「たとえ鼠一匹たりとも、皇帝に近付くことはできません」

「そっ、そんなことはありません。たとえば僕の部屋ですが、この前から何度も勝手に入ってきたくらいですから」

「それは聞き捨てなりませんな。いったいその者はどのようにして侵入を？」

「窓から、空を飛んで、です」

「空を飛んで……ですか？」

「ええ。だって鳥ですから」

「鳥――」

しまった、と慌てて口を押さえても、もう手遅れだった。『鼠一匹』と言われたものだから、つい売り言葉に買い言葉でソラのことを持ち出してしまったけれど、完全な脱線だ。案の定、将軍は眉間にしわを寄せ、すっかりあきれた顔でアスラを見下ろしている。

ゴホンと、将軍が咳払いをした。

「とにかく、城内にいる限り皇帝についてのご心配は無用ですので、ご安心下さいませ」

「で、ですが敵は城の外からだけ侵入してくるとも限りませんし」

「――ではアスラ様は、城内に裏切り者がいるとでも？」

アスラの失言に、将軍がにわかに表情を引き締める。

「詳しくお聞かせいただけますかな。そこまでおっしゃるからには、心当たりがおありということでございましょう？　早急に皇帝にご報告申し上げなくては」

しまった、とアスラは硬直した。

そもそもこうしてひそかに頼みに来たのは、シャリアには絶対に知られてはならないからだ。もしここで将軍に何か勘付かれたら、シャリアの耳に入ってしまうかもしれない。

「でっ、では皇帝の警備体制がどうなっているのか、教えていただけませんか？」

（――こうなったら誰かに頼るのではなく、僕がシャリアの身を守るしかない）

そんな一心での申し出も、

「それにつきましては機密事項ですので、アスラ様といえどお教えすることはできません」

とあっさり却下されてしまった。

途方に暮れ、肩を落として部屋を出ていきながら、背中に将軍の声を聞く。

「よろしいですか。たとえ何が起ころうと、私の目の黒いうちは必ず皇帝をお守りいたします。ですからどうかアスラ様は余計なこと——もとい、余計な心配はなさらぬよう」

（ダメだ……将軍や近衛兵の力を借りるという作戦は、失敗だ）

つまり宮殿にいる限り、シャリアの身の安全は保証できないということだ。

だったら、どうしたらいいのだろう。懸命に知恵を振り絞る。

完全に安全な場所。絶対に首席大臣たちの手が及ばず、できれば存在すら悟られないほどの。

アスラの知る限り、そんな場所は一つしかない。——アスラが生まれ育った、アガスティアの里だ。

ヴァドラ帝国が事実上の統一を果たすまで、インド亜大陸では絶えず戦争が続いてきた。長い年月の間に、いったいどれだけ多くの国が興亡を繰り返してきたことか。

その中にあって唯一アガスティアの里だけが、一度として他国からの侵略を受けることなく、独立を守ってこられたのだ。それはすべて、十六世紀に一度焼き払われそうになったアガスティアの葉を命がけで守ったアスラたちの一族を、約束通りアガスティアが守っているからだと広く信じられている。

（そうだ。アガスティアの里なら、きっとシャリアを守ることができる）

我ながら名案だ。心を躍らせ、再び作戦を立てる。こんな時頼りになる相談相手といえば、サイラしかいない。

「ねぇサイラ。今度皇帝を外出にお誘いしてはダメかな？」

花瓶に花を生けていた手を止めて、サイラが振り返る。

「どうしてですか？　急に」

「もうずっと宮殿から出ておられないと聞いたから、気分転換にどうかなと思って。少しずつ始まっているという灌漑工事の現場も視察していただけたらいいと思うんだ」

「それは良い考えですね。ちなみにどちらまで？」

当然の質問だが、さすがに本当のことは言いづらい。

「えーと、それは……南の方、とか」

「南？　マイソールのあたりですか？」

「いえ……もっと南」

「もっと？」

サイラに不審そうに眉を寄せられて、焦って口をすべらせる。

「たっ、たとえば僕の生まれたアガスティアの里とか」

「……アガスティアの里まで、いったい何日かかるとお思いですか？　だいたいそれはもはや『外出』とは言いません」

「だから、たとえばの話、だよ」

「他のところになさってはいかがですか？」

「他のところって？」

「まずはこの近辺で」

「いや、それはちょっと……」

口ごもったところを、鋭く突っ込まれる。

「つまり、近辺では都合が悪いということですか？」

「つっ、都合が悪いんじゃなくて、近辺じゃない方がいい、ってことだよ」

「要するに都合が悪いということですね」

あっさりと言い籠められて、アスラはぐうの音も出なかった。

「ではチトラドルグあたりまで足を伸ばされますか？　あるいはバンガロールですと、一週間程度で戻ってこられます」

「そっ、それじゃダメなんだ。簡単には宮殿に戻ってこられないくらい遠くて、確実に安全なところじゃないと――あわわ」

慌てて口を閉じたアスラへと、サイラがいっそう疑わしげな目を向けてきた。

「……アガスティアの里が安全とは限りませんが」

「それなら大丈夫。僕たちの里はアガスティア様が守っていて下さるから」

「仮に里は安全だとしても、道中はいかがでしょうか。どう考えてもここにおられる方が安全だと思いますけれど」

「道中——確かにそれはそうだけど」

そのことについては、アスラだって考えなかったわけではない。野生動物や山賊はもちろん、首席大臣が刺客を放つ可能性だって十分にある。だがアスラだけが知っている事実——アガスティアの葉に書かれていた『居館にて謀《はかりごと》に遭い』が本当だとすると、この宮殿が一番危ないことになる。アガスティアの里に着くまでの道のりは、将軍に頼んで護衛をつけてもらえば何とか乗り切れるはずだ。でもここにいる限り、どうにか現状を変えない限り、葉に書かれていたことは現実になってしまうのだから——。

ガバッと身を乗り出して、必死に食い下がる。

「お願い、サイラ。何とかして皇帝を安全にアガスティアの里にお連れしたいんだ。そのためにはどうしたらいいと思う？」

「無理ですね。そもそも皇帝ご自身が承知なさらないと思いますし」

「だったら無理やりにでも——」

「つまり、皇帝を誘拐なさるということですか？」

「ゆ、誘拐……」

最後の望みも絶たれ、完全に八方塞がりだった。

（これからどうしたらいいんだろう。絶対に何か方法はあるはずなのに）

そう思う反面、

（やっぱり僕一人の力ではどうすることもできないのだろうか）

という弱気もあり、焦燥感が募る。

（葉に書かれていたことが間違いならいいのに。あるいは僕の読みが外れているか）

そんな罰当たりなことを願わずにはいられないほど、アスラは追い込まれていた。


「手が止まっているぞ」

「え……っ？」

膝の上から、それまで閉じられていた黒い瞳がアスラを咎めてくる。

ここのところ食事の後は、シャリアが眠るまでこうして扇を片手に膝枕をするのが日課となっていた。

「も、申し訳ありません」

考えにふけるあまり、手まで疎かになっていたらしい。焦りながら謝って、アスラは再び扇を動かし始めた。

「今ごろホームシックか」

「え？　何のことですか？」

「おまえがボンヤリしてる理由だよ。夕食の時も、ダール豆をぼーっと一粒一粒食べてただろ。俺が話しかけてもずっと無視してたし」

「ほ、本当ですか？　申し訳ありません。ちょっと考え事をしていて……」

二度と食事の時に寂しい思いはさせたくなかったのに――と、申し訳ない気持ちでいっぱいになる。

「あのサイラとかいうお付きとケンカでもしたのか」

「そんなことあるわけないじゃないですか」

「変なものを食って腹をこわしたとか」

「違います」

「じゃあ、単に夕食の内容が気に食わなかったのか」

「……僕のこと、いったいどんな風に思ってるんですか？」

子どもの謎解き遊びのようなやりとりに、思わず和んでくすっと笑う。

「だったら――」

シャリアの声音がそれまでとはまるで違う低いトーンに変わった。

「俺のアガスティアの葉に、何かよくないことが書いてあったのか」

ギクッとして、持っていた扇を床に落としてしまう。慌てて拾い上げようと伸ばした手は、隠しきれない狼狽で細かく震えた。

「い、いきなり何を……。そんなことあるわけないじゃないですか」

けれどシャリアは、あたかもすべてを見透かしているかのような深く透徹《とうてつ》したまなざしで、真っすぐにアスラを見上げた。

「分かっているんだ。俺に残された時間は、もうそんなに長くはないんだろう？」

自分自身のことを話しているとは思えないほどに淡々とした、冷静すぎるくらいの声で言い当てられて、アスラは思わず口走ってしまった。

「ど、どうしてそれを――」

そこから先は、言葉にすることができなかった。

衝撃と動揺とで、心臓がきゅっと縮こまる。

目の前でゆっくりと体を起こしたシャリアが、フッと唇をゆるめる。

「おまえは分かりやすいからな」

葉を読んだときのアスラの態度から、シャリアは気付いていたのだろうか。

自分の命に終わりが近付いていることを知って、シャリアはどれほどのショックを受けただろう。いったいどれだけ不安だっただろう。考えただけで、アスラの胸は張り裂けてしまいそうだった。

同時に、もう隠し通すことはできないことを悟って、覚悟を決める。

「でっ、でもご存知でしょうか。アガスティアの葉が知っているのは人生の七十五パーセントだけで、残りの二十五パーセントは人の意志に任されているんです。つまり未来はすでに決まっているのではなくて、自分の力で変えていくことができるんです」

無言で目線を逸らしたシャリアへと、さらに言葉を重ねる。

「幼い頃、僕はアガスティアの里では落ちこぼれでした。だけどそんな僕のことを一人だけ誉めてくれた人がいるんです。『アスラのようにいい方向に物事をとらえることができるのは、すごいことだと思う。だからきっといいナディ・リーダーになれると思うよ』って。だから僕はあきらめません。二十五パーセントも可能性があるんだから、絶対に未来は変わるはずです。いえ、変えてみせます」

懸命に訴えたアスラに、シャリアが再び視線を合わせてきた。どこか遠く、アスラの目のさらに奥を見つめているかのようなまなざしで、じっとのぞき込んでくる。

黒翡翠のような、強い引力を持った瞳。

突然、スッとシャリアの右腕が伸びてきた。大きな手のひらが、アスラの左の頬をやわらかく包み込む。視界の中でシャリアの体が前に傾き、ゆっくりと顔が近付いてきた。

「あ…、あの――」

驚いて体を後ろに退こうとした次の瞬間、シャリアの唇が自分の唇に触れかけ、その感覚にギュッと目を瞑る。けれど実際に触れたのはアスラの唇ではなく、額だった。――あの時と同じように。

離れていくシャリアの影を、瞬きもできずに見つめる。まるで何事もなかったかのような普段通りの整った横顔に目を奪われたまま、アスラは耳元で脈打っているように騒がしい自らの鼓動を聞いていた。

(ど、どうして唇にキスをされるなんて思ってしまったんだろう。そんなこと、あるはずがないのに――)

凍りついたままの視界の中心で、シャリアの口が唐突に動いた。

「……たとえアガスティアの葉の予言通りになったとしても」

「そっ、そんなことにはぜったいにさせません」

即座に打ち消したアスラに構うことなく、シャリアは続ける。

「俺にはもう一人、前皇帝がひそかに産ませた腹違いの弟がいる。この国のことなら、そいつが俺なんかよりずっと上手くやってくれるはずだから、心配はいらない。安心して後を任せられることもすでに確認済みだ」

「後を任せる、って、何がですか……?」

「未来の二十五パーセントが変えられるというなら、どうしても変えることのできない未来が七十五パーセントもあるってことだろ？」

反論できなくて、アスラは無言で息をのみ込んだ。

「それに『俺の願いは叶う』んだろ？　だったらもう思い残すことはない」

それはあまりにも決然とした口調だった。己の運命を受け入れ、『その時』をただ静かに待っているかのような。

冴え冴えと澄みわたった、風だけが音を奏でる新月の晩のような静謐《せいひつ》さに圧倒されて、アスラは何も言い返すことができなかった。

「ただあともう少しだけ、俺にはこの国のためにやり残したことがある。だがおまえはあくまでも部外者だ。これ以上余計な首を突っ込むな。この件に二度と関わるんじゃない」

「そんな――」

もし今、シャリアが改革を中止すると言えば。政治に口を出すのをやめて、再び傀儡に戻れば。あるいは首席大臣の動きを止めることができるかもしれない。

でもそうでなければ、アガスティアの葉に書かれていたことが現実となってしまう。

そのことが分かっていながら、シャリアにはどうしても貫き通したいことがある――それが彼の信念であり覚悟だということが痛いほど伝わってきたから、アスラには止められない。止めることができなかった。

ければ。

（――だからといって、あきらめることなんてできない）

こうしている間にも、期限は刻一刻と迫っているのだ。

絶対に、まだ何かできることがあるはずだ。何とか考え出して、一刻も早く手を打たなければ。

まんじりともせず朝を迎えたアスラは、焦る気持ちを抑えて中庭に出た。

緑の木々が生い茂る中庭は、いつでもひっそりとした沈黙の中にあって、アガスティアの里と同じ香りがしたから心が落ち着いて、考えごとをするには最適だった。

いきなり、茂みからガサっと何かが飛び出してくる。思いを巡らせつつぼんやり歩いていたものだからアスラは避けきれずに、勢いよくぶつかってしまった。

「ご、ごめんなさいっ」

尻もちをつかせてしまった相手に、慌てて謝る。アスラが差しのべた手を掴んで立ち上がったのは、なんとここに来た最初の日に出会った、あの孤児の少年だった。宮殿に盗みに入ろうとして、シャリアの命令で両腕を切り落とされてしまったはずの。

だが目の前の少年の体には傷一つないばかりか、いく分ふっくらとして血色もよく、あの時よりもずっと健康そうだ。身なりはこざっぱりしているし、革の靴まで履いている。

「無事だったんだね。本当によかった……」

思わず、ギュッと抱きしめてしまった。腕を離すと、少年が折り目正しく頭を下げてくる。

「あの時はかばって下さって、どうもありがとうございました」

「いったいどういうこと？　厳しく処罰されたはずじゃ——それにどうしてこんなところに？　今までどうしてたの？　また見つかったら大変だよ？」

質問攻めにするアスラに、少年が事情を説明する。

「実は腕を切り落とすという罰の代わりに、この宮殿での強制労働を命じられたんです」

「きょ、強制労働!?」

「今は宮殿の庭師さんの下で働いています。二年かけてしっかり技術を身に付けて、あとは自分の力で生きて行くように、と言われました」

（そ、それって、強制労働とは言わないんじゃ……？）

今、目にしていることも耳にしていることも、にわかには信じられない。

「今後、国のあちこちに孤児院や貧しい子どもたちのための学校が作られたり、孤児を積極的に雇い入れた人に補助金が支給されるようになったりするそうです。それに大規模な灌漑工事が始まったおかげで働き口が増え、他の国に出稼ぎに行っていた人たちが戻ってこられたことも、みんなとても感謝しています。皇帝がそんなことを考えていて下さったなんて、オレ、知りませんでした」

そうだ。少年に課されるはずだった重罰を変更できるのも、今聞いたような新たな政策を打ち出すことができるのも、シャリア以外にいない。

あの時シャリアは少年の事情など顧《かえり》みようともせず、アスラの意見にも耳を貸さず、冷酷な宣告を下した。けれど本当は、アスラよりはるかに広い視野で物事を見ていたのだ。

目の奥がじんと熱くなる。感動で、涙がこぼれてしまいそうだった。

（シャリアにお礼を言わなくちゃ。そしてあの時のことを謝らなくては）

たとえ一時的にしろ、どうしてシャリアが変わってしまったなんて思ってしまったのだろう。やっぱりシャリアは最初に思った通りの人。ずっと自分を支えてくれた、憧れの、大好きな。

「そうか、シャリアの始めたことがこんなにも大きな実を結ぼうとしてるんだ……」

そのことに、今さらのように気付いた。

「だとしたら、僕が間違っていた」

自分にできることは、シャリアに協力することだ。この国に留まり、シャリアがまだし残したことをやり遂げることができるように。決して改革を中断させて、国外の安全な場所に連れ出すことではない。

（その上で、シャリアのことも絶対に助ける。首席大臣の思い通りにはさせない……！）

・ 14 ・

皇帝の執務室の右隣にある部屋の前で、アスラはごくっとのどを鳴らした。

何度も躊躇《ためら》った後、ようやく意を決してドアをノックする。

「――どうぞ」

とたん、緊張が頂点に達する。

「これはこれはアスラ様。いったいどうなさいましたか？」

首席大臣の、あの時脅してきたことなど忘れたかのような愛想のいい笑顔に迎え入れられるに及んで、アスラはまだわずかに残っていた迷いを振り切った。

（――もう後戻りはできない）

考えてきた通りの台詞を口にする。

「あの、できたらあらためて首席大臣のアガスティアの葉を読ませていただきたいのです。以前は僕の力不足のせいで叶わず、ご迷惑をおかけいたしましたので」

アスラに残された最後の手段――それは直接自分の手で、首席大臣が思い留まるよう仕向けることだった。アガスティアの葉を使って、デタラメな、嘘の内容を読むことで。

もちろん、決して祖父の言いつけを忘れたわけではない。

『ましてや書かれてもいないことを口にするなど、言語道断。万が一アガスティア様の名を騙り嘘でもつこうものなら、ナディ・リーダーの資格は剥奪、場合によっては里からの追放もありえるのじゃぞ』――何度も何度も、物心ついた時から繰り返し言い聞かされてきたその教えは、常にアスラの心の大切な場所で輝き続けてきた。アガスティア様の言葉をこの世に伝えていくという重大かつ尊《とうと》い役割を与えられたナディ・リーダーとして、絶対に守らなければならない良心の掟《おきて》。もし破ればどうなってしまうか――里のみんなを裏切ってしまうだけでなく、『一人前のナディ・リーダーとして人の役に立ちたい』というアスラの幼い頃からの夢を叶える機会は、永遠に失われてしまうだろう。

そのことを思うと、胸が痛くてたまらなくなる。

それでも、アスラにできることはこれしかないのだ。昔から、そして今も大切なシャリアのために。

「おお、左様ですか。実は私も是非お願いしたいと思っていたところなのです。ちょうど気になっていることがございましてな」

アスラの申し出に、首席大臣がホクホク顔で両手を揉み合わせる。

自分の正体をバラした後でもなお、大臣が余裕の表情でいられるのは、おそらく高をくくっているからだろう。ああ脅しておけばアスラが口を割ることはないと。

首席大臣が嬉しそうに右手を差し出してくる。その親指をじっと見つめてはみたものの、やはり今度も指紋を読み取ることはできなかった。

が、今回は「では葉を探してまいります」と伝えて、いったん退室する。怪しまれないよう少し時間を置いてまったく無関係の葉を手に戻ると、アスラは期待に満ち満ちた様子の首席大臣に向かって、精一杯の平常心をつくろって読み上げた。

「今、あなたの足下にある道は二手に分かれています。そのうちあなたが進みたいと考えている方の未来は暗黒に覆われ、道は途中で崩れ去っています。野望は成就《じょうじゅ》せず、あなたは奈落の底へと落ちていくでしょう。しかし考えを改めてもう一方の道を選べば、あなたは光に満ちた暖かく明るい未来を末長く送ることができます」

まるっきりのデタラメだということに、気付かれはしないだろうか。嘘ではないかと、怪しまれてはいないだろうか。

そんな不安と、里の掟を破り禁忌《きんき》を犯していることへの罪悪感——その両方で、語尾が震えてしまいそうになる。

「……今おっしゃったことは確かなのでしょうかな?」

みるみる顔を凍りつかせた首席大臣の目の前で、アスラは重々しくうなずいた。

「アガスティアの葉に書かれているのは、百パーセント確実な未来だけですから」

「はて、『道は途中で崩れ去っている』とはどういうことですかな? 『もう一方の道を選べば』とは具体的には何を指しているのでしょう?」

「それについて詳しいことは書かれていません。ですが首席大臣ご自身が一番よくご存知なのではないでしょうか」

首席大臣がぴくりと細い髭を引きつらせる。相手の出方を読み合う険悪な空気が張りつめた。お互い一歩も譲らない無言の睨み合いが続く。

やがて首席大臣の顔に強ばった作り笑いが浮かんだ。

「……分かりました。では葉の導きを信じて、従わせていただくことにいたしましょう」

そう言い残し、首席大臣は靴の音を響かせて足早に部屋を出ていった。

へなへなと崩れ落ちるように、その場にへたり込む。今さらのように体ががたがたと震え、額にはびっしりと汗が滲んでいた。

(最後には何とか『従う』と言ってくれたけど――)

本当に思い留まってくれたのだろうか。明らかに不満そうな態度だった。

「とはいえあんなにアガスティアの葉を読んで欲しがっていたくらいだもの、予言を無視することなんてないはず……。大丈夫、きっと上手くいく」

そう自分に言い聞かせながら、アスラは高窓から見える青空をふり仰いだ。遠く、アガスティアの里まで続いているはずの。

「アガスティア様、それにおじい様、お父様。どうぞ僕の罪をお許し下さい。そしてどうかすべてが上手くいきますように……」

翌日、文武高官を集めての朝会が終わると、いきなり首席大臣が一歩前へ出た。

「皆様がお揃いのこの機会に、是非皇帝のお耳に入れておきたいことがございます」

突然のことに皆がざわつく中、首席大臣はアスラにちらりと含みのある一瞥《いちべつ》を投げて寄こしてから、皇帝の前へと進み出た。

「この中に、謀反《むほん》を企てている者がおります」

(――どういうこと?)

裏切り者なら、大臣自身のはずだ。なのにいったい何を言い出すつもりなのだろう。

一同の間にどよめきが広がる。けれどシャリアは少しも表情を変えることなく、平坦な声で問いかける。

「誰だ? 構わないから、ここで言ってみろ」

「それは――」

首席大臣が再びこちらを見る。右手の示指《じし》が、真っすぐにアスラを指差して、止まった。

「そこにおられる、アスラ様です」

(……えっ?)

驚きと非難の入り交じった視線が、一斉にアスラへと集中する。驚愕《きょうがく》のあまり、アスラは声を出すこともできなかった。

「アスラ様は皇帝に内密で政府高官と面会し、警護を固めるためと称して宮殿の警備体制を聞き出そうとされるなど、怪しい行動が見受けられたとの報告を受けております」

「そ、それは――」

すぐに、ガジ・カーン将軍に会いに行ったことを指しているのだと分かった。だがどうして首席大臣が知っているのだろう？　もしかして行動を監視されていたのだろうか？

そう考えた直後もう一つの可能性に思い至って、愕然とする。

（まさか、将軍までもが実は首席大臣の仲間で……？）

その可能性だって十分あったのに、最初に簡単に除外してしまったのは、明らかにアスラの判断ミスだった。

「その上、昨日は突然アガスティアの葉を読みたいと私の部屋を訪ねてこられて、まるでこの私が謀反を企んでいるかのようなことをおっしゃいました。これは先代の治世からの忠臣である私に罪を被せ、皇帝から遠ざけようという企みに他なりません。私と皇帝を仲違いさせ、警備が手薄な時を狙って皇帝に危害を加える計画なのでございましょう」

「そ、そんなこと――」

ようやくのどから声を振り絞ったアスラへと、シャリアがゆっくりと視線を向ける。

初めて目にする、氷のように冷たいまなざしだった。

抑揚のない低い声が、問い質してくる。

「今の話は、本当か？」

「ち、違います。僕は決して――」

反論しようとしたアスラを、すかさず首席大臣が遮る。

「ですが皇帝の許可なく将軍に会いに行かれたのは、事実でございますな？」

「た、確かにそうですが……」

「ではその際、皇帝の警備体制を聞き出そうとされたのは？」

「で、でも、それは、」

「事実かどうかだけをお答えいただければ結構です」

「――」

言葉巧《たく》みにアスラを追い詰めて、首席大臣はシャリアに向かって高らかに宣言した。

「お聞きになりましたか。これで私の申し上げたことに間違いはないとお分かりいただけましたでしょう。これは立派な反逆罪ですぞ。一刻も早くアスラ様を捕らえられますよう、進言させていただきます」

「ご、誤解です。僕は――」

すべてをこの場で打ち明ければ、黒幕は首席大臣なのだと明らかにすれば、きっとシャリアは分かってくれる。でも大臣が裏切り者で、あの銃の暴発事故を起こした張本人だと知ったら、シャリアはどんなに傷付くだろうか。

そんなことを考えて躊躇った瞬間だった。

「……よく分かった。さすがウマル・ワリだ。感謝する」

不安な面持ちで、ぎくしゃくと振り向く。この後にどういう言葉が続くのかを怖ろしい気持ちで待つアスラの目の前で、シャリアの唇が静かに宣告した。

「おまえを今日限りでヴァドラ帝国付きのナディ・リーダーから解任する」

「そ、そんな――」

アスラはただ茫然と呟くことしかできなかった。

横から首席大臣が異議を唱える。

「お言葉ですが、それではあまりにも処罰が寛大すぎますかと」

「皇帝に対する反逆罪は、私の一存で処理可能なはずだ」

「ご、誤解です。私が皇帝に謀反を企てるなんて、決して――」

アスラは必死で訴えたが、シャリアは聞く耳を持つことなく言い放った。

「明朝、荷物をまとめてこの国から出ていけ」

今までに一度も聞いたことのない、氷よりも冷たい声音で。

「本当に違うんです。信じて下さい」

「命令が聞けないのか？　なら今この場で追放するまでだ」

追いすがるアスラを、有無を言わさず切り捨てて、シャリアは一同へと宣言した。

「宮殿内の不穏な動きについては、以前から内偵を続けてきている。また、役人たちの間で賄賂や汚職が横行し、地方整備のために組まれた予算が長年横領され続けてきた証拠もつかんでいる。それらの最終的な調査結果が間もなく出ることになっているから、三日後には誰が関わっているのか、また一連の黒幕の正体が誰なのか、すべて明白になるはずだ。関係した者たちに対する処分は、追って発表する」

その場に静かな衝撃が走る。とりわけ首席大臣は明らかに血の気を失い、蒼白になっていた。

（いつの間にそんなことまで……だけどあんなことを大臣の前で言ってしまったら、今度こそ命を狙われることになるのでは――？）

そのことも、そしてこれから自分の身に起こることも恐ろしくて、アスラはただ震え続けていた。

・15・

どうやって執務室を出たのか、何も覚えてはいなかった。

何とか部屋までたどり着き、よろりと寝台に倒れ込む。シャリアに告げられた言葉が、アスラの胸を深く抉っていた。

『おまえを今日限りでヴァドラ帝国付きのナディ・リーダーから解任する』

『明朝、荷物をまとめてこの国から出て行け』

シャリアはアスラの言葉になど、耳を貸そうともしてくれなかった。首席大臣の言い分だけを一方的に信じて、アスラを裏切り者だと決めつけて。

「僕そんなに、信頼してもらえてなかったのかな……」

いつかまた会いたい――そんな長い間の願いが叶って、初めは夢を見ているような気分だった。だけどシャリアはアスラのことなどまったく覚えておらず、その上何を話しかけても迷惑そうで、「アガスティアの葉など信じていない」とまで拒絶され、つらくてたまらなかった。だが少しずつ口をきいてくれるようになり、自身のことも話してくれて、側仕えとしてそばにいることを許してくれただけでなく葉まで読ませてくれた。

ここに来てからまだ半年も経っていないけれど、ほんのちょっとだけ心を通わせることができたと感じていたのは、自分だけだったのだろうか。

そう思うと悲しくて、痛いほどのせつなさがこみ上げてくる。

「でも、違う」とアスラは首を振った。

自分がどう思われているかではない。大切なのは、自分がシャリアのナディ・リーダーだということだ。この身に代えても彼を守るべき立場の。

「このままじゃダメなのに。シャリアを救うために、僕が何とかしなくてはならないのに」

本当に、明日にはここを出て行かなければならないのだろうか？　シャリアに危険が迫っていると分かっていながら、彼を救うために何一つできないまま。

ぽたぽたと、熱いものが敷布を濡らす。涙があふれて止まらなかった。

その時だった。

「アスラ、アスラー」

窓から入って来たソラが、バサバサと寝台の支柱に止まった。

「アスラ、笑ッテ。アスラ」

けれどソラの励ましも、今回だけは届かない。

「無理だよ、ソラ。こんな時にとても笑えない――」

ぽろぽろとこぼれる大粒の涙を、アスラはどうしても止めることができなかった。

「シャリアと『もう泣かない』って約束してからずっと守り続けてきたのに、ここに来てからは泣いてばかりだね……」

けれどもうその約束も終わりになった。里の掟に背き、首席大臣に嘘のアガスティアの葉を読むなどという真似をして、みんなを裏切ってしまったばっかりに。

けれど、今のアスラにはもっと大切なことがあった。せめて最後に、ナディ・リーダーとしての役目を果たすこと。それだけは絶対だった。

「そうだ、シャリアに手紙を書こう。シャリアにとってはつらい事実だけど、黒幕が首席大臣だと伝えて自分で身を守ってもらうしか、もう方法はないから」

机に向かい、夢中で文字をしたためる。静かにドアが開いてサイラが入ってきた。

「……荷造りのお手伝いに伺いました」

慌てて鳥の羽根でできたペンを置き、精一杯の笑顔を向ける。

「短い間だったけど、いろいろありがとう。サイラには本当に感謝してる」

「私も……寂しくなります」

この国に来てからのたくさんの出来事が、昨日のことのように蘇ってくる。

不安な気持ちでたどり着いた国境に迎えに来てくれていたこと。サイラの姿を見つけた時、どんなに心強かったか。アスラが落ち込んでいるとすぐに気付いて、そのたびに優しくしてくれたこと。いつも相談に乗ってくれ、的確なアドバイスをくれたことも。

たった一人で見知らぬ国にやってきたアスラは、サイラの存在にどんなに励まされたか知れない。心から信頼している、大切な友だち。

そのサイラともう会えなくなるのだと思うと新たな悲しみが込み上げて、一度は乾いていた涙がまたぽろぽろとしたたり落ちる。

サイラが肩をすくめて、ハーッとため息をついた。

「ここは私に任せて、あなたは早く行ってらして下さい」

「え……どこへ？」

「あなたは『今日限り』でクビだと皇帝から言い渡されたのでしょう？　でしたら今夜のう

ちは、まだあなたは皇帝の側仕えです」

「あっ――、そうか…っ」

そうだ、考えもしなかったけれど、確かにサイラの言う通りだ。

弾かれたように立ち上がる。

「そうだよっ。確かに、そうだよねっ」

「皇帝は今日は公務を取りやめて部屋におられます。アスラ様がご挨拶に伺うと、私の方からお伝えしてありますので」

「ありがとうっ、サイラ」

アスラは走って部屋を飛び出した。

全速力でシャリアのもとへと向かう。

寝所の前で警護にあたっている近衛兵に面会の許可を求めていると、中から「よい。通せ」と無愛想な声が命じてきた。

「さ……最後のご挨拶に参りました」

おずおずと扉を開けたアスラを、長椅子からシャリアが冷たく見据える。

「――荷造りはもう終わったのか」

「はい…、いえ、あの、それでしたらサイラが手伝ってくれていますので……」

シャリアはそれ以上は何も訊かないし、中に入れとも言わない。すぐに会話は途切れて、重い沈黙になった。

それでも、アスラは部屋に足を踏み入れながら、どうしても伝えておきたかったことを口にした。

「この前のアガスティアの葉に書かれていたことを、覚えておられますでしょうか？」

「――それが何だと言うんだ」

「残念ながら僕には未来を変えることができませんでした。でもまだ二十五パーセントの可能性がなくなってしまったとは思っていません。だから、どうか気を付けていただきたいのです。皇帝のまわりには本当の敵が――」

「その話ならもう終わったはずだ」

鋭く遮る言葉には、アスラの話など二度と聞く気はないという強い意志が滲んでいた。

「いいえ、まだ終わってはいません。たとえ僕のことは信じられなくても、アガスティア様の言葉だけは信じて欲しいんです。この宮殿にいては危険です。どうかくれぐれも身の回りにご注意を……」

懸命に訴えても、シャリアからの返事はない。再びアスラの方を見ることもなかった。

じわりと、涙が滲んでくる。

自分の浅はかな行動のせいで、シャリアの信頼を完全に失ってしまった。自分が裏切り者だと思われたことでアガスティアの葉まで信じてくれなくなったのだとしたら、いったいどうすればいいのだろう。本当に運命は変えられないのだろうか。

絶望に押しつぶされそうになりながら、唇をかんで頭を下げる。

頬を伝う涙をシャリアに見られてしまう前に出て行こうと、背を向けた時だった。

背後から、思いがけない台詞がアスラを引き止めた。

「――あの時も今みたいに泣いていたな」

「え……？」

足を止め、風を切る速さで振り返る。

すぐには自分の耳を信じることができなかった。

(今…何て？『あの時』って……いつのこと？　そんな――まさか)

「おまえをこんな風に泣かせることになるなら、初めからここに来させるべきじゃなかった。全部俺のせいだ。許してくれ」

「ちょ…、ちょっと待って下さい。それはどういう――？」

「初めから知ってたってことだよ。おまえが八年前に川のほとりで出会ったあの少年だと」

「え……っ？」

思考が完全に止まる。前髪をゆっくりとかき上げるシャリアの仕草だけが、スローモーションのように目に映った。

「その上でおまえをここに呼んだんだ。おまえには将来アガスティアの里の当主になるという夢があることを知っていたのに、俺が無理やり後任のナディ・リーダーに指命して」

そんなこと、信じられるはずがなかった。だってシャリアは自分のことなど覚えてもいなくて、むしろ迷惑そうで、最初は仕事すらさせてくれなくて――。

「だったら……どうして言ってくれなかったんですか？　最初に……窓から水をかけてしまった時――ううん、せめて謁見の時に」

どうにかシャリアのもとへと歩み寄りながら、のどからかすれた声を絞り出す。

「自分で呼び寄せておいて、いざとなったら勇気がなくなったんだよ。八年も経っているのに、おまえがあまりにも変わっていなかったから」

「え？　でも僕、背だってちゃんと伸びて……」

「外見のことじゃないよ」

シャリアはふっと一瞬だけゆるめた唇をすぐに引き締めて、痛みをこらえるように眉を顰めた。

「だが俺は違う。ちゃんとあの時の約束を果たし、一人前のナディ・リーダーとなったおまえとは違って、俺は名ばかりの皇帝だ。八年もの間、民たちの置かれている状況も目に入らない振りをして、自らの保身しか考えず自堕落《じだらく》な生活を送ってきた。そんな俺があの時の相手だなんて、おまえが知ったら失望するのが分かっていたから、嫌われるのが怖くて名乗り出ることができなかったんだ。おまえが俺のことを忘れずにいてくれたと知った後は、なおさら」

「自らの保身だなんて――それは違います。だって仕方ないじゃないですか。皇帝は――

シャリアは、自分の命だけでなく、大切なご両親まで人質に取られていたのですから」

「おまえにその名前で呼ばれるのは何年ぶりだろうな。昔の自分とは決別するつもりで、ずっと使うのを避けてきたからな」

シャリアがやわらかいまなざしでふわりと微笑む。

「おまえは俺との約束を支えに頑張ってきたと言ってくれたが、俺もここに来てからの八年間、あの時のことを忘れたことはなかった。そして今も変わらず純粋で前向きなままのおまえのおかげで、ここに来てからすっかり見失っていた大切なことを思い出すことができた。あきらめて逃げていただけだった俺が、もう一度立ち上がってみようという気持ちになれたのは、今度もやっぱりおまえのおかげだった」

「ぼ…、僕のことなんか覚えてもいないんだと思うと、本当はずっと悲しくてつらかったけれど、こうしてそばにいられるだけでとても幸せでした。何より、シャリアはやっぱり思っていた通りの人だったから――そのことが分かって、とても嬉しかったんです」

だからこそ好きになってしまった。思っていた以上の人だったから。たくさんのつらいことを経験して、確かに一時は逃げていたかもしれないけれど、再びちゃんと立ち上がることを選んだ強い人だから。今だって自分の身に危険が及ぶと分かっているのに、民のために行動を起こしてくれる優しい人だから。

　そんなシャリアのそばにいられるなら、十分だと思っていた。一生近くで仕えることができるなら、それで。

　――だけど。シャリアには大切な相手がいることを知ってしまったとたん、つらくなった。永遠に自分の気持ちを伝えられなくても構わないと思っていたにもかかわらず。

　ぽろりと、一粒の涙が緑色の目からこぼれ落ちる。シャリアが本当は自分のことをちゃんと覚えていてくれたことが嬉しくて。それなのに――。

「どうして泣く？」

「だって、シャリアには大切な人がいるから……」

「大切な人？」

「あの人です。この前訪ねて来ていた」

「この前？　ああ――」

　シャリアの肯定が、やっぱりそうなのだとあらためてズキンと胸に突き刺さる。

「今、俺の養父でもある向こうの国の王は重い病の床にある。あの時ラザ・ファスはそのことを知らせに来てくれていたんだ。養父にもしものことがあったら、跡継ぎのいないあの国は併合されて滅亡するしかないからな」

　え、とアスラが驚いて顔を上げる。

「おまえにだってカイという男が会いに来ていただろう？　俺とラザの関係は、おまえとカイの関係と同じだよ。それ以上でもそれ以下でもない」

「ぼ、僕はてっきりあの人がシャリアの言っていた大切な人で、だから僕はあきらめなきゃって――あわわ」

ずっと心の中にしまっておくつもりだったことを今もまたうっかり言葉にしてしまってから、アスラは慌てて両手で口を塞いだ。その腕を軽く引かれて、長椅子の上、シャリアの隣に腰を落とす。

驚いて見上げたアスラへと、ゆっくりとシャリアの顔が近付いてきた。額に優しく落ちてきた三度目の唇の感触を、そっと目を閉じて受け止める。

「川のほとりで会った後、初めは放っておけない弟がもう一人できたようで、あれからどうしているのか、また泣いてはいないかと気が気じゃなかった。ただそれだけだったはずなのに、ここでつらいことが起こるたびにあの時のことが思い出されて、だんだん、もう一度会いたいという気持ちを抑えられなくなっていったんだ。そして夢にまで見た再会を果たして、成長してもおまえが変わらず真っすぐで前向きで純粋なままであることを知れば知るほど、それまでとは別の感情が芽生えて――どんどん惹かれていった。おまえだけはダメだと自分に言い聞かせても、つい手を出してしまいそうになるくらいに」

「え、……？」

それは、もしかしてシャリアも同じ気持ちでいてくれた……ということなのだろうか？

「だ…、だったら」

思わず腕にすがりついて、訴える。

「だったらお願いです。里に帰れなんて言わないで下さい。どうかこれからもずっとシャリアのそばに――」

たとえ間もなく最期《さいご》の時が訪れるとしても、その時までずっと一緒に。そして願わくば自分も運命をともに――。

懸命の懇願《こんがん》も、けれど断固とした態度で退けられてしまう。

「駄目だ」

「どっ、どうしてですか？　まだ僕のことを疑っているからですか？」

「そんなわけないだろう。ただおまえは――分かりやすいからな」

「え……？」

「とにかく、おまえは明日の朝一番で里に帰らせる。これは皇帝命令だ」

「もしかしたらこれっきり二度と会えなくなってしまうかもしれないのに……？」

「ここから先は俺の問題だ。八年間も大臣らの悪行を見て見ぬふりをし、民たちを苦しめ続けてきた責任はこの俺にあるからな。おまえを巻き込むわけにはいかない」

アスラはようやく理解した。つまりシャリアは知っていたのだ。誰がすべての黒幕で、自分に大怪我を負わせただけでなく、養父母を人質に取ってまで政治に口を出すなと脅迫してきたのかを。その上で、アスラの言い分に耳を貸さず、大臣を一方的に信じるふりをした。でもそれはアスラを里に帰し、大臣から守るためだったのだ。

それなら、自分は従わなくてはならない。せっかくのシャリアの優しさを、無駄にしないために。

でも。

シャリアの腕を握っていた手に、ぎゅっと力を込める。

「だったら、代わりに僕に新しい思い出を下さい。八年よりも長い間――いえ、一生忘れないでいられるくらいの」

悲しい覚悟が、細い絹糸のような涙となってアスラの頬を伝っていた。

ふいに、シャリアの指があごにかかる。軽く上向かされた頬に、温かい感触が落ちてきた。シャリアの唇が、涙を舐め取るように少しずつ下へと移動していく。それが徐々に口元へと近付いていることに気付いて、アスラは身を硬くした。

「…あ…――」

シャリアの唇が自分の唇へと重ねられた瞬間、アスラは吐息のような甘い声を漏らしてしまっていた。

少し乾いた、温かくて優しい唇。すべてを包み込んでくれるような。

今初めて、アスラは自分がどれだけこの時を待っていたのかを悟った。

まだ夢を見ているような恍惚《こうこつ》とした気持ちで、ゆっくりと離れていく影を見送る。シャリアと目が合ったとたん羞恥心《しゅうちしん》が込み上げてきて、アスラはぎくしゃくと睫毛《まつげ》を伏せた。

「ど……どうもありがとうございました」

シャリアがどんな顔をしているのか、恥ずかしくて見ることができない。

（もうこれで、思い残すことはない――）

そんな風に自分に言い聞かせてみても、間近に迫った現実を思うと寂しくなってしまうのは避けられなかった。

（本当に、これが最後なんだ……）

いきなり、ふわりと体が宙に浮く。

優しく抱き上げられて、戸惑う間もなく寝台へと運ばれた。そっと下ろされ、覆いかぶさってきた影に睫毛を上げると、すぐ目の前にシャリアの顔があった。

その、どこか思いつめたような表情が近付いてきたことに驚いて、目を閉じる。そのまま唇をふさがれて、直後、するりと入り込んできた感触にアスラは息を詰めた。

「ん……………っ……」

優しく誘導するように開かされた口の中を、何かが愛撫してくる。どうしたらいいのか分からなくて縮こまってしまった舌を搦《から》め取られ、何度も角度を変えながら唇を食《は》まれているうちに、靄がかかったように頭の中がボーッとしてきた。

一度目の口づけとは全然違う、深くて長いキス。どうやって呼吸をしたらいいのかも分からなくて、もうずっと止めていた息が苦しくなった瞬間、ようやく唇が離れた。

「はぁ、はぁ、はぁ……」

大きく肩で喘いだのは、ようやく息を継ぐことができたからだけではなかった。触れられていた唇や口の中だけでなく、体中が熱くてたまらない。

ふいに上着の下へと手が滑り込んでくる。胸の先端を指でつままれて、アスラはひゃっと背すじを突っ張らせた。

経験はおろか知識すらほとんどないアスラには、これから何が始まろうとしているのか、まったく分からない。

「あ、あの、いったい何を……？」

シャリアが指の動きを止めて、きょとんと目を見開いているアスラを見下ろしてくる。

「紛らわしい言い方をしやがって……おまえのことだから、どうせそんなことだろうとは思っていたけどな」

責めるような、半分あきらめたような口調で言われて、何のことだろうと思う。

「おまえの隣で眠りながら、俺がいったいどれだけ我慢してきたと思ってんだ」

「――我慢？　な、何を？」

やっぱり何のことだかチンプンカンプンのアスラの胸元へと、今度はシャリアの唇が落ちてきた。上着をたくし上げられ、声を上げる間もなく胸の突起を唇で食まれる。舌先でちろちろとくすぐるように舐められて、素肌の表面がさざ波のように粟立った。

（え……？　何、これ――）

淡い色をした部分全体を口に含まれ、円を描くように吸われる。小さな粒にやわらかく歯を立てられると、背筋を鋭い痺《しび》れが駆け抜けた。

「……あっ、――」

今まで経験したことのない感覚に次々と襲われて、ひどく動揺してしまう。この混乱から何とか逃げ出したくて、アスラは懸命にシャリアの肩を両手で押しのけた。

「――そんなに嫌なのか？」

「わ……分かりません」

何度も、首を横に振る。嫌かどうかはもちろん、シャリアが何をしようとしているのかすらも分からない。ただ初めて与えられる感覚や、これから自分の身に何が起こるのか見当もつかないことが、アスラはとても怖かった。

「だったら抵抗しないでくれ。ちゃんと優しくするから」

穏やかな、どこか懇願するような声色《こわいろ》で言われて、手の力を緩める。自分の怖れを分かってくれたことが嬉しくて、何よりシャリアの言葉だからこそ信じられる気がして、素直に手を離した。

すぐに、下肢へと手が伸びてくる。シュルリと腰衣がほどかれ、アスラの下半身があらわになった。淡い茂みの中にあるものを握り込まれて、体をビクンと震わせる。

「あ…そんなとこ……」

胸の先端を舌で弄ばれながら、まだ綺麗な色をしたままのそれをやわやわと揉み込まれる。そんな誰にも見せたことのない部分を見られているだけでなく、直接触られていることが信じられなかった。恥ずかしくて両手で顔を覆い隠す。それなのに下腹部にはズンと鈍くて甘い熱が宿っていく。

「……可愛いな。もう勃《た》ってきた」

「な…何が……？」

言われて初めて、自分のそれがぴんと勃ち上がっていることが分かった。顔から火が出そうなくらい、恥ずかしい。そのくせ頭がぼーっとしてしまって、もう何も考えられなかった。

速い速度で上下に扱かれ、突き上げてくる感覚に追い立てられる。硬く張りつめたそこが、ずきんずきんと疼《うず》いていた。

「そろそろよくなってきたのか」

他人《ひと》からこんな風に強制的に与えられる感覚を、アスラは知らない。ますます激しく擦り上げられ、ただ熱くて焼けるようで、もう弾けてしまいそうだった。

「あ……あ……、何か……っ……」

限界を超えそうになった瞬間、すっとシャリアの手から解放される。

ホッとしたのと山の頂に辿り着けなかったようなもどかしさに、アスラは大きく肩で息をついた。直後、下腹部に熱い息がかかる。狼狽して引きかけた腰を、有無を言わさず両手で押さえ込まれた。

脚を強引に開かされる。ぷるぷると小刻みに震えながら雫を垂らしている先端に、濡れた舌がのせられた。

「い、嫌です、そんなこと……っ」

力いっぱい抗っても、脚を閉じることは叶わない。腰をよじって逃れようとしても、シャリアは許してくれなかった。つーっと滴る蜜を舌ですくい取られて、びくんと体が跳ねる。

全身から、力が抜けていく。抵抗をあきらめたアスラのそこを、焼けるほどの熱い粘膜がすっぽりと包み込んできた。

「……んっ……ああ…っ」

濡れた唇できつく咥えられ、舌を絡めながら上下に扱かれる。ちゅくちゅくと湿った音が静かな部屋に響いて、恥ずかしくてたまらなかった。

目尻に涙を滲ませながら、問いかける。

「どっ、どうしてそんなこと……？」

「ずっとおまえに触れたかったからだよ。誰を抱いていても、ずっと」

けれど言葉の後半はもうアスラの耳には届かない。快感という大きな波に押し流されてしまわないよう、夢中でシャリアの髪に指を絡める。ターバンがするりと解けて落ちた。

「あ……あ…っ、もう――」

「そのまま達《い》っていいから」

（いくって……どこに？）

思考がすっかり混乱してしまっている。締め付けられたまま口の中で強く吸われ、先端のくぼみを尖らせた舌の先で抉られると、全身を電流が走った。

「ああっ、あ……――っ」

ビクビクと、下半身全体が痙攣《けいれん》する。ガクガクと震える脚の向こうで、シャリアがアスラの放ったものを飲み下すのが見えた。

がっくりと脱力して、肩で荒い息を継ぐ。

（今、シャリアはいったい何を……？）

まだ思考が停止したままの頭で甘い虚脱感に身を任せていると、後ろの窄まりへと指先が伸びてきた。「……ん…っ」と声を漏らして、ビクンと肩を震わせる。

「そっ、それは……？」

「準備だよ」

「え、何の……？」

だが答えは返っては来なかった。代わりに指先にすくいとられたアスラの残滓《ざんし》が、信じられない場所へと塗り込まれる。

「そっ、そこは──」

丁寧に、まるで秘密の扉を開けるかのように時間をかけて入り口を広げた後、指の腹が後孔を押し広げた。ぐっと、指が内部《なか》へと差し込まれる。

「……ぁ、──っ」

何かを体内に受け入れるのは、もちろん生まれて初めての経験だった。たかが指一本とはいえ、強い異物感に思わず身を硬くしたアスラの奥を、シャリアがゆっくりとかき回しながら解きほぐしていく。時間をかけて、あくまでも優しい、丁寧な動きで。

あり得ない場所にあり得ないことをされているのに、再び前へと熱が集まり始めたことに、アスラは混乱した。内部で淫らに曲げられた指が何かを探すようにうごめくたび、奥に蕩けるような甘い感覚が芽生えて、どうしていいか分からなくなる。

突然、アスラの体がビクッと跳ねた。その反応を見逃すことなく、指先はその一点を刺激してくる。

「あっ、あっ、なん…か、変…っ、そこ――――」

さらに強烈な快感が全身を駆け巡る。自分の内部がヒクヒクと痙攣して、シャリアの指をきゅっと締めつけてしまうのが分かった。

「あ……、もう、やめて…、そこは…――」

自分が自分でなくなるような感覚が怖くて、夢中でシャリアにしがみつく。何度もその場所を苛まれて、いつのまにかアスラの前は勃ち上がっていた。

「あっ、あ…それ――」

再び、あの感覚が戻ってくる。限界まで高まった何かを、吐き出してしまいたいという衝動。けれどシャリアは今度はそのまま達かせてはくれなかった。

いつのまにか三本にまで増えていた指が、引き抜かれる。

その指でアスラが滴らせている蜜をすくい取ると、シャリアは小さく口を開けている後ろへともう一度塗り込んできた。

「……おまえだけは、俺にとって絶対に触れてはならない大切な存在だったのに」

呻《うめ》くように漏らして、シャリアはアスラを映している切れ長の目を苦しそうに歪めた。

脚の間に体を割り込ませてきたシャリアが後ろへと押し当ててきた硬くて熱いものに、息を詰める。

自分の身にこれから何が起こるのか、知識としては知らなくても、今までに与えられた行為で想像することは可能だった。

本能的に逃げようとした腰を、がっちりと捉えられてしまう。

「少しだけ我慢してくれ」

「え…？」

熱い塊が後ろへと突き立てられる。時間をかけて慣らされずい分柔らかくなっているとはいえ、まだ指しか受け入れたことのない場所を、それは無理にこじ開けようとしてきた。

「んっ……あ……っ」

無意識にずり上がろうとする体を、シャリアに押さえつけられる。質量のある猛ったものが、なおも侵入を試みてきた。

「ぁ、……つ…っ――」

痛みに耐えかねて、つい力が入ってしまう。

「口から息を吐け。そうすると少しは楽になる」

懸命に言われた通りにしようとするけれど、難しくてできない。

「む、無理……」

知らず涙が滲んでくる。目の端からひとすじこぼれ落ちるのを見て、シャリアが侵入の力をゆるめた。

「初めて会った時に、俺だけはおまえを泣かせたりしないと誓ったのに、結局泣かせてばかりだな」

自分を責めているかのような呟きに続いて、優しいキスが落ちてきた。唇を割って、濡れた舌がすべり込んでくる。粘膜を深くなぞられて、口の中が熔けそうなほどの熱をはらむ。渇きを癒すかのように求めてくる舌先に、おずおずと応えるだけで精一杯だった。

不意に唇が離れ、耳元で低い声がささやく。

「すべて俺の勝手だということは分かっている。だが最後に俺にも思い出をくれ。おまえとどうしても一つになっておきたいんだ」

(え、一つ、って……?)

ぐっと力が込められる。拒もうとする入り口を押し開けて、それは一気に入り込んできた。

「ぁ、……ああ…っ——っ」

焼け付くような衝撃に、脚を突っ張らせる。両手を褐色の逞しい体に回して、アスラはぎゅっとシャリアにしがみついた。

「力を抜いて。これじゃ奥まで入れない」

「あ…、ぁあ——っ」

熱く滾《たぎ》ったものが狭い場所をいっぱいに満たす。圧迫感で息ができないくらいだった。

「や……それ、深くて、…怖——」

自分を貫いてくる初めての感覚に慣れる余裕も与えてくれないまま、シャリアが腰を動かし始める。深く埋め込まれたそれが中を擦って、頭の芯に甘美な痺れが芽生えた。唇を解放してもらえないまま繰り返される抽挿に、内部《なか》が焼け付くように熱くなる。

「あっ、あっ、ぁ、あ……………っ」

最奥を穿《うが》つ律動はむしろ苦しいくらいなのに、アスラのそこは再び完全に勃ち上がり、先端から透明な液を滴らせていた。怒張したシャリアの脈動をじかに感じて、苦しいはずなのに幸せで泣きたくなってくる。硬い屹立《きつりつ》に突き上げられながら、アスラは一分一秒でもこの時が長く続いて欲しいと願った。

抱きしめてくれる腕も唇もとても優しくて、このまま離さないで欲しいと願わずにはいられないほどに愛おしかった。

「おまえはいつも俺を導いてくれる星だった。俺がどこにいても、どんなに道に迷っても頭の上で燦然と輝き、いつも進むべき道を照らしてくれた。あの時読んでくれたアガスティアの葉に書かれていた通りに」

もう何も声にすることができなくて、応える代わりにぎゅっと両腕に力を込める。首にかみつくようにキスをされ、腰を打ちつけてくる動きがどんどん激しくなった。二人の荒い息づかいが混じり合い、脳が痺れて麻痺してしまうほどの高みへと追い詰められていく。

「もっ、…あ、あ、あっ、あ……ああっ――」

突然、揺さぶりが止まった。シャリアがぶるりと体を震わせ、最も深いところに熱いものが迸るのを感じた。

ようやく、シャリアの言っていたことが理解できた気がする。

（一つになるって、こういうことだったんだ……）

幸福感で恍惚としながら、アスラはふっと意識を手放した。

・16・

再び目を覚ましたのは、寝具にくるまっただけの体をぐっと強く抱き寄せられたからだった。

「シャリア…、どうしたの……？」

「しっ」

鋭く制されて、まだ行為の余韻を残した潤んだ瞳で見上げる。隣でさっと体を起こしたシャリアの横顔は、今までに見たことがないほど緊迫していた。耳を澄ますと、外がざわついているようだった。

「何か、あったんでしょうか？」

次の瞬間勢いよくドアが開いて、いきなりサイラが入ってきた。

「サッ、サイラ⁉　どうしたの？」

裸で寝台の中にいる二人を見ても、サイラが動じる様子はまったくなかった。

「早く服を着て下さい。宮殿内で火の手が上がり、まもなくここにも炎が回ってきます」

「えっ、宮殿が、火事⁉」

それでサイラが助けに来てくれたのか。ホッと胸をなでおろしたアスラの横で、シャリアが手早く衣服を身につける。自分も慌てて服を着たアスラの前で、けれどサイラが無言で腰から抜いたのは、冷たい光を放つ鋭利な剣だった。

「……えっ⁉」

続いて、首席大臣が入ってきた。アスラをかばうように身構えたシャリアを一瞥し、大臣はサイラへと満足そうにうなずいてみせる。

「サイラよ、でかしたぞ」

（――どういうこと？）

その台詞の意味も、なぜ首席大臣がサイラに親しげに声をかけるのかも分からない。そもそもなぜ剣なんか手にしているのだろう――助けに来てくれたはずのサイラが。

ゆっくりと、サイラが長い剣を持ち上げる。その尖端は、間違いなくシャリアへと狙いを定めていた。

「サイラ……？　どうしたの？　いったい何をしているの？」

茫然としているアスラに、大臣が唇を歪めてにやりと笑った。

「やはり気付いてはおられませんでしたか。代わりに私がお教えしましょう。実はサイラは私が送り込んだスパイなのです」

「スパ…、イ……？」

瞬きもできずに、ぎくしゃくとサイラを見る。けれどサイラはもうアスラと目を合わせようとすらしなかった。

「もともと宮殿での働き口を探していた孤児のサイラを、偽の身元保証人を仕立て上げてまで雇い入れ、アスラ様の赴任に乗じてお付きに推挙《すいきょ》したのはこの私なのです。皇帝の行動を監視するために、アスラ様の言動を逐一《ちくいち》報告するという交換条件のもとに」

事実を聞かされてもなお、とても信じることはできない。いや、信じたくはなかった。

「サイラ……、今の話は、本当なの……？」

きっと違うと言ってくれる。ぜんぶ首席大臣の嘘だと否定してくれる。

けれどいつまで待っても、望む言葉は返ってこない。

「国や皇帝のことにあんなに詳しかったのも、だからなの……？」

だったら、ぜんぶ嘘だったというのだろうか？　いつも話し相手になってくれたことも、相談に乗ってくれたことも、励ましてくれたことも、優しくしてくれたことも。最後にはアガスティアの葉を読ませてくれて、「私にもあなたみたいな人がいたら」――そう言ってくれたことも、すべてが。

「――やっぱりそうだったんだな」

隣から聞こえた声が少しも驚いていなかったことに、アスラは耳を疑った。

見上げたシャリアの顔にも、驚いている様子はまったくない。うっすらと笑みを浮かべた余裕すら感じさせる表情だ。

（それって…、まさかシャリアは前から知ってた、ってこと……？）

思い出したのは、シャリアからの『あいつに必要以上に近付くな』という忠告。サイラのことを『信用できない』と口にしたことも。なぜかサイラに対していつも挑発的だったのも、実は正体を初めから知っていたから……？

「そんなの嘘だ――だって、サイラは僕の大切な友だちでしょ？　僕にあんなに優しかったのが演技だなんてはず……ないよね？」

声を震わせたアスラへと、サイラは少しも表情を変えずに言い放った。

「あなた方の最期を見届けるのが私の最後の役目です。焼け跡からちゃんと二人そろって発見されるように。ですがもし逃げようとなさるなら――」

鋭い剣先が、シャリアの喉元へとぴたりと突き付けられる。

首席大臣はにやりと笑い、細い髭を満足そうに撫でつけた。

「それもこれも、すべて皇帝ご自身が招いたことですぞ。今まで通り大人しくしておられればよかったものを、突然勝手な改革に着手された上に、妙な内偵調査を始めたりなさるから、最終手段に出ざるを得なくなってしまったではありませんか」

やはり、アスラの危惧《きぐ》が現実になってしまったのだ。シャリアが調査をしていると発表したことが首席大臣を追い詰め、皇帝を弑《しい》することを決意させた。

「明日には国中が喪《も》に服することになるでしょうな。反逆罪に問われて逆上したアスラ様の手で暗殺された、我が皇帝のために。そして宮殿に火を放った上でご自害されたアスラ様は、やがてインドを統一するヴァドラ帝国の栄光の歴史に、稀代《きたい》の反逆者として悪名を残されることでしょう」

自分を待ち受けている運命を知って、アスラは息を飲む。

「聞くところによりますと、前皇帝には隠し子がもう一人おられるそうですな。皇帝亡き後はその王子を探し出し、つつがなく即位された暁には私どもが全力で支えさせていただきますので、くれぐれもご心配はなさらぬよう」

首席大臣の不気味な高笑いが響くと同時に、轟音が耳をつんざく。

宮殿の一部が焼け落ちる音だった。火はもうそこまで迫っているらしく、部屋に黒い煙と焦げくさい臭いが充満してくる。苦しくて、ゴホゴホと咳き込んだ。

「これ以上ここにおられては危険です。首席大臣はもう避難なさって下さい」

「うむ。ならば後は頼んだぞ、サイラ」

そう託して大臣が部屋を出ていくと、すぐにサイラがアスラの方へと振り返る。

「首席大臣がわざわざ様子を見に来られるとは、計画通り事が運んでいるかどうか、よほど気になっておられたのですね。おかげで時間が――何をする気ですか」

サイラの注意が大臣に向いていたわずかの隙に、シャリアは寝具の下に隠してあった短剣を取り出していた。

「もともとおまえたちの狙いはこの俺だけのはずだ。もしアスラだけでも見逃してくれるなら、俺は抵抗しないと約束する。だが、どうしてもアスラにまで危害を加えると言うなら、この距離だ。避けられると思うなよ」

シャリアは、サイラに狙いを定めて短剣を構えた。二人の間で睨み合いが続く。その間に、扉の下から火が部屋の中へと侵入してきた。

「……分かりました」

大きくうなずいて、サイラがスッと剣を下ろす。

「あなたの命さえいただければ、私も首席大臣も満足ですので」

言いながら、サイラは「こちらへ」とアスラを首席大臣が出ていったドアではなく、窓の方へと促した。下をのぞき込むと、縄梯子《なわばしご》が真っ暗な中庭へと伸びている。

「そ……、そんなの嫌ですっ」

激しく首を振ってシャリアのもとへと駆け寄ろうとしたアスラを、シャリアは厳しい声で突き放した。

「こうなったのは全部俺の責任で、おまえを巻き込む気はないと言っただろう」

「だけど僕は離れたくありません。最後までシャリアと一緒に――」

「でしたら、私が先に皇帝を始末するのみです」

サイラの剣先がシャリアの褐色の首すじに食い込み、真っ赤な血がつーっとひとすじ伝った。

「でも――嫌です……っ、シャリア…っ、シャリア――…っ」

精一杯の抵抗も虚《むな》しく、サイラに無理やり窓の外に押し出されてしまう。必死の思いで振り返ったアスラへと、シャリアが最後とは思えないまぶしい笑顔を向けた。それは八年前の別れの時に目にした、まさにあの笑顔だった。

「クシャーナをよろしく頼む」

いったい何のことか分からなかった。が、もう訊くことも叶わない。

「お願い、サイラ。僕はどうなってもいいから、どうかシャリアを――」

窓枠にしがみついて、縄梯子の上から懸命に命乞いをする。が、すがりついていた手を引きはがされ、半ば落下するように梯子ごと降ろされてしまった。地面にへたりこんでいるアスラに、サイラが窓から身を乗り出してくる。

「アスラ様、もう二度とお目にかかることはないでしょうが、お元気で。あなたにお会いできてよかったと、私が感謝していることだけは覚えていて下さい」

どういう意味なのかと問いかけたけれど、炎の見える窓から返事が返ってくることはなかった。

中庭では、庭師見習いの少年がアスラを待っていた。

「外への秘密の抜け道がこっちにあります。すでにアガスティアの葉は運び出してありますから、安心して下さい」

促されるままに走り出したアスラの頭上に、バサバサと鳥が飛んでくる。ソラだった。

「アスラ、大丈夫。アスラ」

もう庭にも炎が迫っていた。煙に巻かれないよう、ソラをしっかりと脇に抱く。

「アスラ、心配シナイデ。イツマデモ、一緒」

轟音に振り向くと、さっきまでアスラがいた北の棟が火に包まれ、崩れ落ちていくのが見えた。

「シャリアー……――っ」

力の限り叫ぶが、もちろん返事はない。声すら届かなかった。

涙があふれて視界がぼやける。

それが、最後だった。

・17・

菩提樹の葉の隙間から、さんさんと陽の光が降り注いでいる。吉祥草は穏やかに風にそよぎ、目の前の小川はさらさらと清らかに流れていた。

懐かしい故郷の風景も、気が付けばいつの間にか小川のほとりに立ってしまう癖も、昔と少しも変わってはいない。変わったことといえば、あれから二年が経ち、二十歳を迎えて少しだけ大人っぽくなったアスラの面差しと、心の中、それだけだった。

以前のように心の底から笑えることは、もうない。大切な人を突然失ってしまった喪失感。一生そばにいたいと願った相手に、もう二度と会えないことの悲しみ。自分の身に代えても守らなければならなかった存在を、救うことのできなかった後悔。それらが片時もアスラを放してくれなかった。

「シャリア、会イタイ。シャリア、好キ」

アスラの傍らを飛んでいるのは、一緒に逃げてきたインコのソラだった。

あの時、どのようにしてヴァドラ帝国の有事を知ったのかは分からないが、隣国のナディ・リーダーが急遽派遣してくれた兵士たちに守られ、アスラとソラは無事アガスティアの里に戻って来ることができた。今ではソラも里での生活に慣れ、すっかりみんなの人気者だ。アスラのひとりごとを聞き覚えては、口癖のように繰り返している。

風の噂で、ヴァドラ帝国では重臣たちの反乱によってシャー・カウバル二世皇帝が暗殺されたものの、弟の三世の即位により反乱は速やかに平定されたと聞いた。おかげで混乱がインド全土に及ぶのは避けられたということも。

ヴァドラ帝国での暗殺騒動の真実、そして自分が禁忌を犯して大切な里の掟を破ってしまったことを正直に父親に打ち明けた結果、アスラには無期限の謹慎処分が言い渡された。以来ずっと、ナディ・リーダーとして葉を読むことは禁止されている。

「アスラ先生ー」

駆け寄ってきたのは、里の子どもたちだった。今のアスラは、未来のナディ・リーダーを目指して修行中の子どもたちに、古代タミル語や算術など基礎的な勉強の他、国王に仕えるナディ・リーダーの仕事の内容や心得を教える役目をしている。

「やっぱりここにいたね」

「先生はいつも川のところにいるからね」

「先生、お魚さんが好きなの？　だからよく川を見てるの？」

「しっ、そのことには触れるな、アスラ先生のことはそっとしておいてあげろって、母さんたちが言ってただろ」

アスラが謹慎処分を受けている理由を知っているのは父親と祖父だけだったが、里のみんなも薄々何かを感じ取っていて、彼らなりに心配して気を遣ってくれている。

以前は気が付くことのなかった里の人たちの優しさに心の中で感謝しながら、アスラは子どもたちの無邪気なやりとりをくすりと笑った。

「それで、どうしたの？　何か用があるから来てくれたんだろ？」

「あ、そうだった」

「当主様がお呼びです」

「何かね、アスラ先生に大事なお話があるんだって」

「話？」

何だろう、と思いながら、アスラは父親のいる建物を訪れた。

百年以上前に立てられたというその建物は里で唯一の石造りで、背の高い切妻《きりづま》屋根には厚く苔《こけ》がむしている。代々の当主たちがここで大勢のナディ・リーダーたちを統括する仕事にあたってきた、里の中枢《ちゅうすう》だ。

「失礼します」

部屋に入ると、中央に置かれた机の向こうで父親が待っていた。

どちらかといえば童顔で母親似のアスラは、若い頃から闊達《かったつ》で背も高く、四十代半ばを迎えた今は堂々とした風格をも備えている父親とは、あまり似ていない。それでもここに戻ってからは「似てきた」と言われることが増えたのは、向こうでの経験がアスラを少し大人にしたからだろうか。

「何のご用でしょうか」

訊ねたアスラに、父が切り出してくる。

「実は数日前、シクール王国から使者がやって来て、国王付きのナディ・リーダーを派遣して欲しいとの要請があったのだ」

初めて聞く国名だった。と言っても、里にいる限りほとんど外界とは遮断された状態である上、インドには二百近い小国が存在するので、知らない国なら他にもたくさんある。

「南東部にある、国土の大部分が草原に覆われた小さな国だが、穀物や果実が豊かに実り、聡明な王のもとで皆が平和に暮らしている優れた国だ。おまえももう十分反省したことだろうし、新天地としてはもってこいだと思うのだが」

「えっ……。で、ではつまり、僕にそこへ行けということですか……？」

『無理だ』――反射的に、そんな言葉がのどから出そうになる。

「でも、ぼ、僕はアガスティアの里の禁忌を犯した身です。その上国や皇帝を守るという役目を果たすことすらできなかった自分には、もう二度とそんな資格なんて――」

それに、今さら他の王に仕えることなど、考えられなかった。一生そばに仕えると誓った、シャリア以外の人になんて。

「僕にはできません。どうか他の人にお願いしていただけないでしょうか」

「いや、おまえが行くのだ。もう国王にもそう返事をしてある」

「そ、そんな――」

幼い時から、父親から意志に反して何かを強制されたことはなかった。ヴァドラ帝国で嘘のアガスティアの葉を読んだことを打ち明けた時も、その理由までは話そうとしないアスラを、父は問い詰めることも責めることもしなかった。

その父親から、こんな風に一方的に言い渡されるのは初めてのことだ。――いや、正確には二度目か。二年半前、ヴァドラ帝国行きを命じられたあの時に続いて。

今回も、父親からはなぜアスラに白羽の矢が立ったのか、説明は一切なかった。ただ一つだけ確かなのは、父親はどんな時でも、父親なりにアスラにとって一番良いと思う選択をしてくれているということだ。だからアスラはそれ以上訊くことはしなかった。

「……分かりました」

無理やり自分を納得させて、頭を下げる。ドアへと向かいながら振り返って、アスラは「ひとつ教えていただきたいのですが」と、ずっと不思議に思っていたことを訊ねてみた。

「アガスティアの葉が金色に光って見えるのは、どんな時なのでしょうか」

「金色に、光って？」

父親は肘をついてしばらく考えてから、「曾祖父から聞いた話なのだが」と前置きして、言葉を選ぶように口を開いた。

「輝く金という色そのままに、その相手が自分にとっての『星』であることを意味しているのではないか、ということだ」

「星……ですか？」

「要するに『運命の相手』ということだ。ひとたび出会えばその瞬間から二人の運命は絡み合い、互いに影響を及ぼし合いながら惹かれ合い導き合う。曾祖父の知り合いがそういう経験をしたというだけで、確かなことは分からない。なにしろ、葉が光って見える者などそうそういないからな」

「運命の、相手――」

その言葉をぼんやりと繰り返しながら、部屋を出る。

シャリアにとってアスラが『星』だっただけではない。シャリアの方こそ、アスラの『星』だったのだ。アスラを導いてくれる星。

「だけど、もう二度と会えない――」

大粒の涙が、ぽろぽろと頬を伝ってこぼれ落ちた。


デカン高原を南下し、東ガーツ山脈の南端のさらにまだ南に、目指す国はあった。

道中に広がっているのは広大な綿花と茶の畑で、どこまで行っても鮮やかな緑色の風景が絶えることはない。間に点在する集落には小さいながらも手入れの行き届いた家屋が並び、どの家も家畜の他にペットらしき動物を飼っている。平らに均《な》らされた道を歩いているのは、こざっぱりとした身なりの笑顔の人たち。一目で、質素ではあっても誰もが満たされた生活を送っているのだとわかった。

こぢんまりとはしているが活気に満ちた市場を通り、前方に城が見えてくると、アスラの肩に止まっていたソラの様子が突然変化した。興奮して、落ち着きなくバサバサと羽ばたいたり、ギャーギャーと鳴き声を上げながら頭の上をぐるぐる回ったりしている。

ヴァドラ帝国と比べるとはるかに小さいものの、荘厳《そうごん》さを感じさせる石造りの城に足を踏み入れると、出迎えてくれたのはくるくるした黒い瞳が印象的な青年だった。

「ようこそ。お待ちしておりました」

（あれ……？）

ごしごしと目を擦る。どこかで会ったことがある気がした。……そうだ、間違いない。あの青年だ。かつてシャリアの部屋の前で出くわし、シャリアがラザ・ファスと呼んだ、あの。

（ど……どうして彼がここにっ⁉）

アスラが驚きを声にするよりも早く、ソラが肩を離れて飛び立つ。そのソラに向かって、ラザが高く手をかざした。

「おかえり、クシャーナ」

（え……っ？）

聞き覚えのある名前。確か、最後の時にシャリアが――。

「先にお部屋にご案内いたしますね。そこで少し休憩していただいてから、王との謁見式に臨んでいただく予定です」

ドキンドキンと、心臓の鼓動が速くなる。

（まさか。いや、そんなことなんて、絶対に――）

胸がぎゅっと縮こまる。緊張と混乱とで、全身が小さく震える。

「アスラ、笑ッテ。泣イテハダメ」

「な…に言ってんの……僕は別に泣いてなんか……」

「――あ、王。謁見式は夕方の予定ですので、それまでお待ち下さいとお願いしてありましたのに……」

ラザが咎めるように見上げた先を、ぎくしゃくと目で追う。ゆるやかな曲線を描く階段を下りてきた相手を確かに視界に収めた瞬間、アスラは駆け出していた。

階段を駆け上がり、両手を伸ばして、相手が広げた腕の中へと飛び込む。

「シャリア……っ」

涙で声が震える。視界までもがぼやけて霞んでしまっていた。

「どうして？　なぜシャリアがここに……？　だって、もう二度と会えないと思っていたのに――」

「泣くな。初めて会ったときからおまえの涙には弱いんだ」

後はもう、互いに言葉にならなかった。

人目も憚らず力の限り抱きついて、夢ではないことを確かめる。厚い胸に顔を埋めると、ギュッと強く抱きしめ返された。

ラザがあきれたようにため息をついて、ソラに向かってぼやく。

「クシャーナ、見たかい？　王は夕方の謁見まで、ほんのちょっとの間も待っていられなかったんだってさ」

二人を祝福するように、ソラはしっかりと抱き合う二人の上をくるくると嬉しそうに飛び回っていた。

「シャリア、会イタイ。シャリア、好キ」

「仕方がありません。今日の謁見式は延期にしましょう。だって王はそれどころではないようですから」

もう二度と離さない――そんな強さでしがみついたたままのアスラを、シャリアがふわりと抱き上げる。運ばれた先は国王の私室だった。

「ほ、本当に、これは夢なんかじゃないんですよね……？」

だってシャリアはあの時、首席大臣の命を受けたサイラの手で――。そして彼もろとも焼け落ちる宮殿を、アスラはこの目で見たのだ。世間の話でも、ヴァドラ帝国の皇帝は暗殺され新しい皇帝が即位したと聞いていたのに、どうして……？

「サイラだよ。おまえが逃げた直後に、俺のこともひそかに逃がしてくれたんだ。ウマル・ワリには、俺は間違いなく死んだと嘘の報告をして」

「だっ、だってサイラは首席大臣の手下のはずじゃ――」

「確かにそうだった。初めはな。ついでに言うとガジ・カーン将軍は最初から俺の味方で、わざわざおまえの行動を大臣に教えただけなんだが」

「ええ…？　えええええ……っ!?」

驚いたが、それ以上に安堵と嬉しさとが胸に満ちる。サイラは裏切り者なんかじゃなかった。それどころか大臣に逆らって自分とシャリアを助けてくれていた。

（やっぱりサイラは信じていた通りの人だったんだ……）

「つまり、あの最後の夜の出来事はすべて、俺たちの作戦の一部だったということだ」

「え？　作、戦……？」

「突然訪ねて来たラザから養父の容態《ようだい》を聞かされて、真剣に悩んだよ。養父にもしものことがあれば、『失権の原理』のせいでこのシクール国は滅亡するしかなかったからな」

あの夜、ラザが『一人になりたいはずだから』と言っていたのはそういうことだったのか。

その後、シャリアの様子がおかしかったのも。

「悩んで……それで決意したんだ。このシクール王国を、自分の手で救おうと。それが俺にできる唯一の奥返しだから」

とてもシャリアらしい決断だと思った。

「シクール王国の王位を継承できるのは、表向きは実子とされている俺しかいない。だがその俺はすでにヴァドラ帝国の皇帝として即位してしまっているから、身動きが取れない。ただ幸いにも両国はとても遠く、即位により名前も変わっていたから、シクール王国の皇太子とヴァドラ帝国の皇帝が同一人物だと知っている者はほぼ皆無だ。つまり俺が誰からも疑われない形でヴァドラ帝国の皇帝の座を退くことができれば、シクール王国で国王として即位しても誰にも気付かれることはない、と考えたんだ」

アスラは息をのむ。目の前で徐々に明かされていく真実に、身震いした。

「もちろんヴァドラ帝国のことも気がかりだった。首席大臣一派が実権を握っている限り、民が苦しめられ続ける状況は変わらないからな。それで、大臣たちの野望を逆に利用させてもらうことを思いついたんだよ。やつらが暗殺事件を起こしてくれれば俺は死んでしまったことにできるし、同時にやつらの企みを暴いて謀反の罪で一掃することができれば一石二鳥だとな」

つまりあの最後の夜は、『シャリアが殺されるところまでが作戦』だったということ……なのだろうか？　そう考えると、窓から脱出したアスラをあの少年が待っていてくれたことや、あのどさくさの中でなぜか大切なアガスティアの葉だけは持ち出せたことなど、ずっと不思議に思っていたことすべてが説明できる。

「だ、だったら……無事だったのなら、どうしてもっと早く教えてくれなかったんですか？　僕は何も知らないでずっと――」

　この二年の間に、何度泣いたか分からない。シャリアのことを思い出しては、眠れない夜を過ごしてきた。胸が張り裂けそうなほどの喪失感と痛みを抱え、ナディ・リーダーとしての役目を果たすことのできなかった自分を責めながら。

「そのことは悪かったと思っている。本当はもっと早くおまえを迎えに行くつもりだったし、せめて俺が無事でいることを知らせておきたかった。だがここに帰り着いて間もなく養父が亡くなり、新王としての仕事に忙殺《ぼうさつ》されていた上に、ヴァドラ帝国の首席大臣派の残党処理が思いのほか手間取ってしまったんだ」

「残党処理？」

「ウマル・ワリの悪事に荷担した者を最後の一人まであぶり出して、処分する必要があった。俺がこの国にいることが万が一バレて再び命を狙われるようなことになったり、妙な逆恨みからおまえに危害が及ぶようなことになっては困るからな。それにサイラの邪魔になりそうなものは、これを機に一掃しておきたかったんだ」

「え、サイラって……どうしてサイラ？」

「新しく即位したシャー・カウバル三世が、サイラだからだよ」

アスラはもう、声も出なかった。

「以前、俺には腹違いの弟がいるという話をしただろう。あれはサイラのことだったんだよ」

「で、でも二人は全然似てないし――あ、お母様が違うから当然……？　それに仲だって悪そうで……あ、それも作戦だったから？　だけどいつから？」

あまりにも複雑に絡みあった事実は、アスラの処理能力を超えてしまっていた。

「でっ、でっ、ではそのことを、シャリアはいつから知って……？」

「ごく最初の頃からだ。サイラの方は、ただ俺が皇帝だからではなく兄だからこそ余計に許せなくて、復讐《ふくしゅう》するために俺に近付こうとしていたらしい。ウマル・ワリはサイラが前皇帝の隠し子だということにも、彼の真の思惑にも気が付いてはいなかったが、サイラは大臣の企みを薄々知った上で、利用できると考えて手を組んだんだそうだ」

「そのことも、シャリアは初めから知って……？」

ゆっくりとシャリアがうなずく。

「それなのにサイラを僕のお付きのままにしておいたのですか？　近付く機会を与えたら、自身の身が危険に晒されてしまうかもしれないと分かっていて？」

「サイラの気持ちも分からないではなかったからな。それにあの頃は投げやりになってたんだ。だから首席大臣がサイラをおまえのお付きにと推薦してきた時も、特に反対もせず許可を出した」

「そんな……」

「だがそれは、もうどうなってもいいと思っていたからだけではなく……おそらく心のどこかでおまえに期待していたんだろうな」

「え…、僕に――?」

「俺がそうだったように、おまえの素直さや純粋さ、前向きさに触れたら、もしかしてサイラの気持ちも何かしら変わっていくんじゃないかと無意識に感じていたんだろうな。そしてそれは現実になった。計算外だったのは、おまえの影響でサイラの俺に対する評価も一緒に変わったことだった。おかげで思いがけず手を組むことが可能になったよ」

そう言ってシャリアは、意味が分からずぽかんとしているアスラにニヤリと笑いかけた。

「実際にサイラが少しずつ変化していることはおまえから聞いて感じていたし、俺自身もおまえの話でサイラが聡明で信頼できる異母弟《おとうと》だと判断したから、力を貸して欲しいと説得に乗り出したんだ。初めサイラは皇位になどさらさら興味がないどころか毛嫌いしていたが、最終的には国のために俺が始めた改革を引き継ぐと決意してくれた。もっとも、最後まで『あなたのためではなく、アスラ様のために協力するのです』と言っていたがな」

サイラらしいな、とつい笑みがこぼれてしまう。別れ際にサイラが口にした言葉にはそういう意味が込められていたのだと知って、アスラは笑いながら泣いてしまった。

「――おまえはサイラのことが本当に好きなんだな」

シャリアが急に顔をしかめる。この不機嫌そうな表情には見覚えがあった。もしかしてこれまで時々急に不機嫌になっていたのも、サイラと関係があったのだろうか？

「実際、サイラは頼りになる参謀だったよ。数的にも力的にも圧倒的に不利な状況で首席大臣一派を一網打尽《いちもうだじん》にしようと思えば、より大きな力――つまり軍部の力を借りなければ難しいというサイラの意見で、将軍を急遽呼び戻し協力を仰いだんだ。そしてあの火事の後、サイラや将軍がひそかに収集していた証拠をもとに主だった敵は速やかに捕らえられ、サイラの即位式もつつがなく執《と》り行われた。おかげで混乱がインド中に及ぶのも未然に防ぐことができた。ただ――」

「『ただ』？」

「直前で誰かさんに邪魔されそうになった時は、真剣に焦ったよ。おまえの予想外の奮闘には、正直三人で慌てた」

「ええっ!?　そ、そんな……」

口では慌てたと言いながらも、愉快そうにシャリアが思い出し笑いをする。けれど、当のアスラは必死だったのだ。それを笑うだなんて……ひどい。ひどすぎる。

「そこで三人で相談して、一刻も早くおまえをこの国から追い出そう――もとい、逃がそうということになったんだ。作戦を台無しにされては大変だし、ウマル・ワリの手がおまえにまで伸びつつあったからな」

そこで急に、シャリアは口元を引き締めた。

「だからあの時ウマル・ワリがおまえに謀反の罪を被せようとしてくれたのは、俺たちにとってはむしろ好都合だった。おかげで堂々とおまえを里に帰らせることができたからな。わざわざあの場で宮殿内の不穏な動きや不正について調査していることを発表したのも、自分の悪事が露見してしまうことを怖れたウマル・ワリが、焦って最終手段に出ざるを得ない状況を作り出すためだったんだ」

つまり自分がナディ・リーダーの役を解雇されたのも、国から出ていけと言われたのも、ぜんぶ理由があってのことだったのだ。首席大臣の言い分を信じたわけではなかった。

「よかった。本当によかった……」

自分のせいでシャリアを傷つけてしまったわけではなくて。シャリアの信頼を失ってしまったわけでもなくて。だけど。

「それなら作戦のことを、前もって僕にもひとこと話して下さっていれば――」

「おまえは分かりやすいと言ったろ？」

抗議しようとしたアスラを、シャリアがにやりと笑って遮る。

「何でもすぐに表情や言動に出るおまえのことだ。すべてを知ったおまえが妙な態度を取って、大臣一味に勘づかれないとは限らないだろ？　ちなみにその点については、サイラも同意見だったがな」

　サイラまで同意したなんて何だか納得がいかない、とアスラはふてくされてみせる。

「ただ、別れ際にはちゃんと打ち明けるつもりだったんだ。『いつか必ず迎えに行くから、待っていて欲しい』と。だが、ウマル・ワリがあの場にやって来たおかげで、打ち明け話をしている時間がなくなった。建物が焼け落ちる前にどうしてもおまえを安全な場所へ脱出させなければならなかったから、結局事実を告げられないままになってしまったんだ」

　そういえばあの時、何か言おうとしたサイラをシャリアが遮ったことを思い出した。

　スコールの後で一斉に霧が晴れていくように、あの半年間の出来事がすべて明瞭になる。

　まだ現実を受け止めきれないでいるアスラに、突然、シャリアが真剣なまなざしを向けてくる。

「サイラや俺が変われただけじゃない。今回の作戦を実行できたのも、おまえがいたからだった」

「え……っ？」

「初めて会った時、『生まれた時から自分の将来が決められてることを嫌だと思ったことはないのか』と訊ねた俺に、おまえは言ったよな。『不安になった時は、自分にしかできないことがあるに違いないと考えるようにしている』と。その言葉が心に残っていたから、俺ももう一度、自分の役目を果たさなければならないという気持ちになることができた。

それにこの前は、俺のアガスティアの葉に『願いは叶う』と書いてある、と言ってくれた。あの言葉があったからこそ、作戦を実行に移そうと決意することができたんだ」

「じゃあ、シャリアの願いというのは、ヴァドラ帝国の改革を押し進めるために首席大臣たちを一掃することと、育てて下さったご両親に恩返しするためにこの国に戻って来て即位することだったんですか？」

「それにおまえを守ることと、おまえと二度目の再会を果たすことも、だ」

「よ…、欲張りなんですね」

いきなり熱のこもったまなざしで見つめられて、思わず赤くなってしまう。

「おまえは、『どうか僕に俺の葉を読ませて欲しい、二度とあの時のような失敗はしないから』と言ったが、俺はあの時のことを失敗だなんて思っていない。今でも感謝しているくらいだ。おまえこそが俺の星なのだと信じて、もう一度立ち上がることができたから。それなのに……悪かったな。アガスティアの葉を『インチキだ』とか『信じていない』などと言って。昔おまえに読んでもらった内容が事実を言い当てていたから、また当てられたら困ると思っていたんだ」

声と一緒に落ちてきた影に、目をつむる。唇へと触れてきた感触は優しくて愛おしくて、一度は乾いた涙がまた頬を伝ってこぼれ落ちた。

「アスラ……会いたかった。こうしてまた腕に抱ける日をどれだけ待っていたか」

吐息のような声で囁いて、シャリアがアスラの目をのぞき込んでくる。漆黒の瞳に映る自分の姿をアスラが見たのは一瞬のことで、すぐに何も見えなくなった。薄く開いた口の中で互いの舌が絡み合う。二年ぶりの口づけはとても深くて、アスラは夢中でシャリアに応えた。

ぎゅっと目を閉じて相手の首に両手を回す。床からかかとが浮き、唇を合わせたままアスラの背中は寝台へと倒れ込んだ。

幸せすぎて、涙が止まらなかった。

「アスラ、泣カナイデ、泣イテハダメ」

開いていた窓から入ってきたのだろうか。飛びながらソラがいつになく騒いでいる。

「アスラ、好キ。アスラ、好キ」

何度も角度を変えてキスを交わしながら、シャリアの右手がアスラの脚の間へと伸びてくる。一度愛を交わす行為を知ってしまったそこはもう硬くなり始めていて、恥ずかしくてたまらなかった。だが閉じようとした両足を、無理に押し広げられてしまう。

「……や、…だ、っ、あ…――」

「おまえは本当に――可愛いな」

「シャリア、会イタイ。シャリア、好キ、大好キ。シャリア、シャリア、シャリア」

突然アスラを解放して、シャリアが体を起こした。バサバサと羽ばたいているソラを、忌々しげに睨み付けて命令する。

「うるさいぞ、クシャーナ。邪魔をするな」

「そ、そういえば……」

まだうっとりとした熱を引きずったまま、アスラは訊ねた。

「ラザもソラのことをクシャーナって呼んでましたけど、どういうことなんですか？」

「クシャーナというのは、あいつの本当の名前だ。もともと俺がヒナの時から飼っていて、ヴァドラ帝国に一緒に連れていったんだ」

だから、この城が見えた時にソラはあんなに興奮していたのか。

「ではソラ……じゃなくてクシャーナが僕の名前を知っていたのは、どうしてなんですか？」

「俺が教えたからだよ。おまえの名前だけじゃなく、おまえへの言葉も」

「僕への言葉？　って、それじゃあ――」

ソラが今までに発した言葉一つ一つが、頭に蘇ってくる。『笑ッテ』『元気出シテ』『泣カナイデ』……そして『好キ』。

とたん、カーッと顔が熱くなる。耳たぶまで赤くなってしまっていることが、自分でもはっきりと分かった。

「おまえの瞳と同じ色をしたクシャーナを、ただでさえ一人で異国に来て寂しいはずのおまえのせめてもの慰めになればと、時々部屋に行かせてたんだよ」

つまりアスラが落ち込んでいる時にいつもソラが現れてくれたのは、シャリアが心配して送り込んでいてくれたから――ということなのだろうか。故郷を思い出して心細くなった時も、シャリアの役に立つことができなくて悲しかった時も、自分の無力さがつらくてたまらなくなった時も、ソラの存在にどれだけ励まされたかしれない。

「僕のことをそんなにも気にかけていてくれたなんて……」

涙をあふれさせたアスラを、シャリアがぎゅっと強く抱きしめる。覆いかぶさってきた影に幸せな気持ちで目を閉じると、アスラはすぐに熱い衝動へと引き込まれた。

・終・

■あとがき■

はじめまして。紀里雨《きりう》すずと申します。

本書を手に取っていただきまして、本当にありがとうございます。

ＢＬが好きで好きで、気が付いたら「自分でもこんなお話が書けたらいいなー」という気持ちが抑えられなくなっていたのが、最初のきっかけでした。それまで文章を書いたことすらなかった私が、右も左も分からないまま作品を書き上げると、次に募ってきたのは「誰かに読んでもらいたい…」という欲求でした。そこで始めた投稿で、憧れのショコラさまで数回入選させていただいただけでなく、このような機会まで与えていただけるなんて、奇跡って本当にあるんだなぁとしみじみ思います。いまだに半信半疑のままです。

思い起こせば中学生の頃、「インドには、全世界の人の一生が書かれた『アガスティアの葉』なるものが存在する」という話を初めて耳にした時、「そんな不思議なことってあるの…？」とドキドキワクワクしたのを覚えています。当時は、草原の真ん中に一本の大きな木がどーんと枝を広げていて、葉っぱの代わりに七夕さまの短冊のようなものが鈴なりにぶら下がっていて、その中から自分自身の名前が書かれているものを探し出す――そんな想像をしていましたが、調べてみたらまったく違っていました。ちなみに本作のアガスティアの葉に関する記述は、半分が事実、残り半分はその頃の妄想からできています。

　この物語のあと、サイラはやがて昔以上の発展を遂げるヴァドラ帝国の賢王として、『失権の原理』を廃止したり、自分のような思いをする子がいなくなるようにと日々公務に励んでいます。一方、アスラとシャリアは公私にわたって深い愛情と強い絆で結ばれ、幸せな日々を送っていることでしょう。お嫁さんをもらったソラと、おしゃべりな五羽のソラJr.たちにイチャイチャの邪魔をされながら。

　最後になりましたが、みずかねりょう先生。誰もが憧れる先生にこんな素敵なイラストを描いていただけて、本当に幸せです。このような機会を下さったショコラ編集部の方々、本当にありがとうございました。担当さまの優しさ、丁寧さ、的確さ、有能さ、すべてに対して感謝と尊敬の気持ちでいっぱいです。そして何より、ここまで読んで下さった皆様に、あらためて感謝の気持ちを捧げさせて下さい。本当にありがとうございました。

　できればまたお会いできますように。

紀里雨すず

参考文献
青山圭秀『理性のゆらぎ』株式会社三五館
小宮光二『アガスティアの葉』星雲社
渡辺建夫『インド最後の王　ティプー・スルタンの生涯』株式会社晶文社

初出
「皇帝が愛した小さな星」書き下ろし

CHOCOLAT
BUNKO

この本を読んでのご意見、ご感想をお寄せ下さい。
作者への手紙もお待ちしております。

あて先
〒171-0014東京都豊島区池袋2-41-6
第一シャンボールビル 7階
(株)心交社　ショコラ編集部

皇帝が愛した小さな星

2017年4月20日　第1刷

著　者:紀里雨すず
発行者:林 高弘
発行所:株式会社　心交社
〒171-0014　東京都豊島区池袋2-41-6
第一シャンボールビル 7階
(編集)03-3980-6337 (営業)03-3959-6169
http://www.chocolat_novels.com/
印刷所:図書印刷 株式会社
